暴食のベルセルク 3
Berserk of Gluttony

「グリードっ！」
機天使を喰らったことで得ることができた
第三位階――黒盾を今こそ。
形状を変えて、迫り来る咆哮と衝突する。
信じられないほど、
重圧が黒盾を持つ両腕から伝って、
両足までにのしかかる。
ほんの少しだけ後ろへ押されてしまうが、
なんとか持ちこたえられそうだ。
黒盾に衝突した咆哮は、
虹色の光になって、
段々と拡散されている。

「ムクロさんは王都に行ったことはありますか？」
俺はロキシー様を追って
王都からガリアに来たのだから、
正直に答えれば、あるだ。
この先の話でどう転ぶかわからないので避けておいた
ほうがいいのか、それともまた嘘を吐くのか。
いろいろと考えた末、
王都にいたことくらいは話してもいいだろうと思った。
「あるよ」
「そうなんですか！　でしたら、
商業区にあるエンカウンターという
酒場を知っていますか？
こぢんまりとしていますが、
とても温かみのあるところなんですよ」
うっ……この酒場は俺がロキシー様を
連れて行った場所だ。
あの時は民の暮らしを知りたいと言うので、
行きつけの酒場を紹介したのだ。
俺が静かに頷くと、
ロキシー様は嬉しそうに話を続ける。

暴食のベルセルク
～俺だけレベルという概念を突破して最強～
③

著：一色一凛
イラスト：fame

GCN文庫

Contents

Berserk of Gluttony
3

Story by Ichika Isshiki
Illustration by fame

第1話　白き聖騎士との再会

髑髏(どくろ)マスクを被(かぶ)った俺はマインと別れてから、来た道を北上して、防衛都市バビロンを目指す。

日は暮れ始めている。完全に沈む前に都市の中に入りたいものだ。

願いが通じたのか、運良く魔物のスタンピードに出くわすことなく、ガリアと王国の国境線まで戻って来れた。

向こう側は王国……大地は荒廃していない。地面には草花が所々に生えて、風に揺られている。

そして、俺がまだいる場所はガリア。血生臭い空気と爛(ただ)れたような大地が広がる。まさに死の国と言っていい場所。

そのガリアから一歩外へ出ると、慣れ親しんだ王国の空気が口を伝って肺に入り込む。

やっぱり、この新鮮な空気が落ち着く。

ガリアに踏み込む前にも思ったけど、本当に国境線を境に別世界だ。これほど、空気すら違うなんて異常だ。

マインと共に戦った機天使（キメラ）のようにもしかしたら、この大地もガリアの古代技術によって、何らかの影響を与えられているのかもしれない。

まあ、ガリアが滅んで四千年という長い年月が流れても、その原因を王国も突き止められないのなら、俺ごときにわかるわけがないか。

そんなことよりも、防衛都市バビロンだ。お腹も空いてきたことだし、駆け足で急ごう。

おおっ、見えてきたぞ、壁に囲まれた都市が。この壁はガリアからなだれ込む魔物を防ぐ堤防の役割をしているという。そのため、とても高くて天にも届かんばかりだ。まるで塔のように見える。

それが都市の周囲を円形状に取り囲んでいるのだ。


俺は壁の側まで来て、そっと触ってみる。何らかの金属……合金でできている。鉄ではないことは確かだ。

触り心地から魔物が体当たりしてもびくともしない硬質な合金だ。

「なぁ、グリード。これは硬そうだな。さすがのお前でも断ち切れないいんじゃないか？」

『はっ⁉　アダマンタイトごとき、俺様の相手ではない。何なら、斬ってみるか』

「いや、やめておくよ」

へぇ～。この外壁はグリードが言うには、アダマンタイトという合金のようだ。

何千年にも渡って、ガリアからやってくる魔物を防いできたというから、その強度は他の金属や合金とは一線を画する。

しかし、このアダマンタイトの精製法は現在は失われており、ガリアに廃棄されていた物を寄せ集めて作られたという。

「たまにはためになることを教えてくれるじゃないか」

『ふんっ、この防衛都市は俺様にとっても、思い出深い場所なのだ。遠い昔の話だがな』

「へぇ～、それは気になるな。教えてくれよって言っても、駄目なんだろ？」

『わかっているじゃないか。それに聞いたところで面白くもない話だ』

おそらくグリードはこの防衛都市が造られた初期を知っているのだろう。

しかし、グリードは武器だ。ということは、過去にグリードの使い手がいたことになる。

その者と共に、防衛都市の建設時に訪れていたということか。思い出深いとまで言っているのだ。もしかしたら、ここでその使い手と共に何かをしたのかもしれない。

そう考えてしまうと、気になるな。グリードの使い手か……こんな強欲武器を扱えるのは俺みたいな大罪スキル保持者ではないと無理だ。だって、事あるごとに俺のステータスをほぼ根こそぎ奪っていくからだ。

グリードは普通のスキル保持者では到底扱えない。それが聖騎士だったとしてもステータスが干乾(ひから)びる。

う～ん。

もしかしたら、過去に俺と同じ暴食スキル保持者がいたとも考えられる。

「なあ、グリード。昔、お前の使用者だったやつはいたのか？」

『どうした？　急に』

「それくらい、教えてくれてもいいだろう？」

グリードは誤魔化すことはなかった。少しだけ間をおいて、

『……いたな』

「その人って、最後はどうなったんだ？」

『死んだよ。俺様を置いてあっけなくな。まあ、あれはあれであいつらしかったがな』

そうだろうな。じゃないと、今の俺がグリードを手にしていない。

『もう出会うことはないと思っていたが、まさかまた出会ってしまうとはな』

「暴食スキル保持者にか？」

『そういうことだ。さあ、こんなところで油を売っていないで、さっさと中へ入れ』

昔を思い出して照れくさくなったのか、それだけ言うと、グリードは何も言わなくなってしまった。

さて、防衛都市バビロンへ入る正門はどこかな。

普通に考えれば、ガリアとは反対側である北にあるはずだ。じゃないと、魔物の大規模スタンピードであるデスパレードが濁流（だくりゅう）のごとく防衛都市を襲ってきた時に、強度の劣る門が崩壊してしまうおそれがある。

高過ぎる外壁を伝いながら進んでいくと、お目当ての門が見えてきた。予想通り、正門は北側に設けられていた。

デカイな……。一度に大勢の軍隊が進撃できるように作られている。

今は開かれている正門には、人々が忙（せわ）しなく出入りしていた。

武人や商人、派手な衣装で着飾った女性を乗せた馬車が幾つもいる。あの馬車は軍のものだろう。王都軍の紋章が付けられているからわかる。

後方の都市から、物資や人を運び入れているのか。その中には、ここでお金を荒稼ぎしようとしている者も沢山いるようだ。馬車に乗っている者のほとんどが目をギラつかせている。

俺も防衛都市で生活していくわけだから、そんな奴らの一人というわけか。お金はあればあるほど良いからな。困ることはない。

それでは、正門をくぐりますか……なんて思っていると、後ろの方で大量の馬の足音が聞こえてきた。

百頭とかそういうレベルではない。何だと振り向く……あぁぁ。

王都からやってきた軍隊だ。あの掲げられている白い薔薇(ばら)を模した紋章は、まさしくハート家の家紋。

俺と同じように、それに気がついた人々が道を空ける。新たな防衛都市の主の来城だ。

髑髏マスクの奥から目を凝らして、彼女を探す。どこだ……どこにいるんだ⁉

先頭の軍人たちが正門をくぐり始める。まだ、ロキシー様は見つからない。早く見たいと思う心を抑え込んで、腰に下げた黒剣グリードを握りしめる。

そんな俺にグリードが《読心》スキルを通して、言ってくる。

『焦りすぎだ。落ち着けっ!』

「うるせっ」

わかっているけどさ。落ち着きたくても、できやしない。

『この気配……来たぞ。もっと後ろを見ろ』

「後ろ………あっ⁉」

思いのほか間抜けな声が出てしまったような気がする。

グリードに言われた通り、さらに後方に目を向けると、彼女は白馬に乗っていた。

白い軽甲冑に身を包んだロキシー様は金色の髪をなびかせながら、道の脇から新たな主を歓迎する人々へ手を振って応えている。

いつにもまして凛々しい顔つきだ。王都にいた頃よりも、ずっと引き締まった感じがする。

何というか、彼女を取り巻く空気が違うのだ。

もしかしたら、俺と同じように防衛都市バビロンへ来るまでに、何かがあったのかもしれない。それが、ロキシー様をもっと聖騎士らしく変えたのか。

そう思えてしまうほど、彼女の存在がより一層遠く……感じられる。

見惚れている俺にグリードはニヤつきながら言ってくる。

『フェイト、手は振らないのか？』

「無茶を言うな」

ロキシー様は白馬に乗ったまま、俺の前を通り過ぎていく。その時、僅かに彼女の青い瞳が俺の方を見た。

だが、すぐに前を向いて白馬を歩かせる。

一瞬、気づかれたかと焦ったが、いらぬ心配だったようだ。髑髏マスクには、認識阻害の機能がついている。これを被っている限り、ロキシー様は俺をフェイト・グラファイトだとは、絶対に認識できない。

もしできたなら、それはもう……。

ロキシー様が正門の中へ入っていく。これが、俺とロキシー様の距離だ。もう、王都にいた頃のように一緒に何かをすることはない。それぞれ独立している。

彼女の後ろにはまだまだ軍人たちの行列が続いていた。顔つき、体の鍛えようから、皆が実力のある武人だとわかってしまう。身のこなしも文句なし。

王都で敬愛されているハート家の当主だけあって、士気の高い武人が集まったようだ。

ロキシー様が率いる軍隊のすべてが、防衛都市バビロンに入るまでかなりの時間がかかってしまった。そのおかげで立ち見していた俺が空を見上げれば、すっかり星空になっていた。

まっいいか。ロキシー様の元気そうな顔を見られたことだし。

さあ、今日からここが俺の住む都市だ。まずは住居だな。宿はどうするかな……そここそ美味(おい)しい食事に、あまり高くない費用で泊まれるところを探してみるか。

第2話　ここから始まる

防衛都市バビロンは、三つの区画に分けられている。

円形状の形をした都市の南半分を占める軍事区。ここにロキシー様が率いる軍隊が駐留する。また、ここには稼ぎが良いからといって雇われている傭兵（ようへい）たちもいるそうだ。

傭兵とは、武人たちの中でも戦闘に長（た）けた者を指す。ほとんど平民の出の傭兵だが、その中には聖騎士の家系に生まれたが聖スキルを得られなかった者たちも交ざっていると聞く。稀（まれ）に王都での出世争いに破れた元聖騎士がいたりするそうだ。

ゆえに、傭兵の中には王都の聖騎士という地位に何らかの恨みを抱いている者もいる。

そのような者たちをなぜ雇い入れるのか。それは、ガリアからやってくる魔物討伐に猫の手も借りたい状況だからだ。

戦えるなら、多少難があっても大目に見る。それが防衛都市バビロン流だ。

たとえ、いわくつきの武人だろうが強ければ、ここでは許される。魔物さえ倒してくれれば、素行が悪くても文句は言わない。報酬はしっかりと払う。

まあ、ロキシー様なら大丈夫だろうが……彼女の真っ直ぐさゆえに心配になってしまう。

俺の方は問題なしだ。強ければ良いなんて、俺にもってこいな場所だ。

神に見放された異端の力——暴食スキルを用いて敵の魂を喰(く)らい、ステータスをどんどん上げていくような大暴れで目立ってもここなら大丈夫だろう。防衛都市バビロンにとって有益であり続ける限り、俺という存在は許される。

だからこそ、ここでさらに上を目指す。来るべきその日のためにやれることは終えておくべきだ。

まあ、俺のことは置いておいても、防衛都市バビロンはかなりの大きさだ。王都と同じくらいだろうか。

沢山の軍隊や傭兵、さらには流れ者の武人たちが集まる場所。戦いの前線だけあって、王都とは全く違う圧迫感を覚える。何というか、荒くれ者たちが一堂に会しているからだと思う。

正門を通って、今歩いている大通りの左右に広がるのが一般区だ。その先に軍事区がある。

一般区は一攫千金(いっかくせんきん)を夢見る商人や武人などが集まり、大まかに二つの区に分かれている。

東に商業区、西に住居区となっている。宿を取るなら、住居区へというわけだ。

ざっくりとまとめると、

・軍事区（南）：王都から来た聖騎士、軍人たちが駐留する。また、現地で雇われた傭兵も。
・商業区（東）：武具屋、飲食店、酒場など王都に負けないくらいの店が乱立する。
・住居区（西）：ほとんどが高級な宿屋となっている。他の地域と比べて武人たちの稼ぎが良いためだ。

という区割りになっている。軍事区はおいそれと一般人が中に入れない。今も向こう側で怖い顔したおじさんたちが門の前で睨（にら）みをきかせている。どうやら、ロキシー様はあの先に行ってしまったようだ。

さて、俺は住居区へ足を進めて、泊まる場所を確保しようか。

どの宿も、豪華絢爛（ごうかけんらん）な造りをしているな。試しにそのうちの一軒に入ってみよう。

中に入ると、ビシッと黒い服を着込んだ清潔感のある男が笑顔で近寄ってきた。この宿の従業員のようだ。

「いらっしゃいませ、お泊まりですか？」

「ええ」

髑髏マスクを被った状態なのに見ても笑顔を全く崩さない。なるほど、防衛都市ではこのくらい日常茶飯事なのか。

「このマスクを見ても、何ともないようですね」

「そうですね、それは認識阻害マスクですよね。素性を隠したい人なんて、ここでは沢山いますから、大したことないですよ」

思った通りの答えが返ってきた。昔、王都で聖騎士をしていた者たちがいるくらいだ。その中には王都で大問題を起こして追放された者たちもいるはずだ。

俺くらいで驚いていたら仕事にならないのだろう。

「ここでの一泊はいくらになるんですか？」

「はい、お風呂と三食込みで一泊金貨5枚になっております」

「えっ⁉」

あまりの高さに驚いて、顎が外れそうになってしまう。金貨5枚ってぼったくりもいいところだ。

ここと同程度なら、王都では金貨1枚で十分に泊まれるだろう。

未だに動揺している俺に従業員は言う。

「お客様はどうやらバビロンに初めて来られた武人様のようですね。ほとんどの人はそう驚かれますね。この宿よりも、もっと西に進んだところに比較的安く泊まれる宿が密集しているところがあります。そちらに行かれてはどうでしょうか？」

「それはありがたいです。でも、なぜそこまでしてくれるんですか？」

「何、簡単なことですよ。今は金額的な問題でうちに泊まれなくても、ガリアから来る魔物討伐でしっかりと稼げば、いずれはここでといった感じです。下心ありのお節介ですよ。その時はぜひお泊まりください」

「なるほど……」

なかなかのやり手だ。

泊まらない客だからといって門前払いせずに、今後に繋げようとしているのか。たくましいな……ここの人は王都と違った気風を持っているようだ。

「ご教示、ありがとうございます。いずれまた」

「ええ、お待ちしております」

深々と頭を下げる従業員に、俺はお礼を言って教えてもらった場所を目指す。

歩いていくと、町並みが段々と変わり始めていく。真新しい赤レンガで造られた高級宿から、古ぼけた白レンガに景色は移り変わっていった。

おそらく建てられた当時は真っ白だったのだろう。それが風化によって、少しずつ黒ずんでいったみたいだ。

建て替えようにも、ガリア国境付近まで物資を運び入れるのには大変なお金がかかる。つねに改修資金がない宿は、外観を維持できないのだろう。

奥へ進めば進むほど宿のランクが下がるわけか。それが見た目で判断できる。

俺の手持ちの資金はマインのおかげでかなり散財してしまった。今あるのは金貨4枚と銀貨30枚か……かなり無くなったな。

一時は金貨40枚以上はあったはずだ。浪費にもほどがある。思えば、まさに金貨に羽が生えて勝手に飛んでいった感じだ。おそろしい……今後は気をつけなければっ！

そんなことを考えているうちに、ひび割れたレンガでできた宿が建ち並ぶ場所にやってきた。

さて、どの宿がいいのかな。どれも同じに見える。

「もしかして、君！　宿をお探しかい？」

突然の元気な女性の声に振り向く。俺よりも一回りくらい年を取っていそうな女性だった。

男のように豪快に笑いながら、俺に近づいてくる。

「そうですが……」

「やっぱりそうかい。なら、どうだい。私の宿に泊まりなよ。安くしておくよ」

「いくらですか？」

「銀貨50枚！」

う～ん、物価が五倍と思えば、悪くない。資金は魔物討伐をどんどんこなせば、すぐに解決するし、マインという俺からお金を奪っていく存在もいない。

それにこの女将（おかみ）の竹を割ったような性格は好感が持てる。

「わかりました。お願いします」

「ほう、私の宿を見ないで即決とはいいのかい？」

「問題ないです。その代わり、すぐに食事にしてください」

俺は彼女が両手に抱えている食材を見ながら言う。鑑定スキルで調べてみると、どれも新鮮な品だ。

これも決め手の一つだった。食材の目利きができるなら、料理が下手なわけがない。

「よしっ、わかったよ。じゃあ、付いてきな」

「半分持ちますよ」

「いいのかい、悪いね。だけど、値引きはしないよ」

「わかってますって。俺はただ早く食事にありつきたいだけですよ」

「ハハッハハッ、なら今日も腕によりをかけて作らないとね」

　これは実に楽しみだ。腹の虫も待ち遠しくて、鳴りそうになってしまう。

　というか、鳴ってしまった。

　ぐぅぅぅぅぅぅぅ……。

「何だい、そんなにお腹が空いていたのかい。なら、このパンでも食べるかい？」

「いいんですか」

「別料金でお金は後で貰（もら）うけどね」

　ちゃっかりしているな。とはいえ断る理由もなく、いただくことにする。

　温かい……焼き立てパンだ。口に運ぶと甘い麦の味が広がっていく。何だか、今までの疲れが静かに抜けていくようだ。

「美味しいですね。こんなパン初めて食べました」

「気に入ってもらえて嬉しいよ。このパンは妹夫婦が作っているんだよ。うちに泊まっている間は食べられるよ。他にもいろいろさ」

「これは魅力的ですね」

「うちは高級宿のようにできないからね。内側で勝負するのさ。さあ、着いたよ。ここが私の宿さ！」

おおっ、予想していた外観だった。ひび割れたレンガ、古ぼけた看板。長年の風化によって、劣化してしまった様相はお世辞にも泊まりたいと思わせるものではなかった。

だけど、それは外側だけの話だ。

俺はワクワクしながら、宿の中に足を踏み入れる。だって、パン一つでこんな気持ちになれるのだ。

第3話　荒くれ者の溜まり場

翌朝、鳥のさえずりと共に目を覚ました俺は、欠伸(あくび)を一つ。昨日は宿屋の女将に歓迎を兼ねて夕食に招待されて、思いのほか酒を飲んでしまった。

その酒代は別料金なので、俺の財布は火の車だ。今日からでも、魔物狩りに精を出さないと宿屋に泊まれなくなってしまう。

夕食の時に女将の身の上話を聞かされてしまった。何でも、夫には先立たれてしまって、女手一つで三人の子供たちを育ててきたという。長男は独立して、この防衛都市バビロンで傭兵をしている。

あと、娘が二人。年齢は十四歳と八歳だ。彼女たちも同じテーブルで食事をとっていた。だけど、二人ともおとなしい性格らしく、話しかけられることはなかったし、俺の方から話しかけても盛り上がるようなことはなかった。

あの席では俺と女将だけが話しているようなものだった。

また欠伸をしながら服を着替えていると、部屋をノックする音が聞こえてきた。控えめな感じなので、女将ではないだろう。おそらく、娘の内のどちらかだ。

髑髏マスクを着けて返事をすると、そっとドアが開かれる。

「おはようございます、フェイトさん」

「おはよう」

「朝食の準備ができています。食堂の方へ」

「うん、わかったよ」

宿屋の長女はそれだけ言って、逃げるようにドアを閉める。何だか……顔を赤くしていたけど、どうしてだろうか。

あっ⁉ しまった。寝ぼけながら、服を着替えていたので、まだ上半身が裸のままだった。

年頃の女性に、こんな恰好を見せるのはデリカシーに欠けていた。あとで謝っておこう。

それにしても、服がボロボロになってしまっているな。王都からここまで、かなりの魔物との戦いを繰り広げてきたからしかたないか。

極めつきは、機天使のハニエル戦だ。青く燃え上がる火球によって、服のあちらこちらに焦げ穴ができてしまっている。

「これはもう買い替えるしかないな」

壁に立てかけていた黒剣グリードを手にとりながら言うと、不敵な笑い声が聞こえてくる。

『俺様の使い手として、みっともない。さっさと稼いでくれよ。ついでに俺様を納める鞘(さや)も新調してくれ』

「そっちが本音だろ」

『そういうことだ』

相変わらずのグリードだ。まあ、一理ある。

黒剣を納めている鞘も、戦いの中で傷だらけになってしまっている。まだ使えないことはないが、この際買い替えてもいいだろう。心機一転、共に新たな姿で挑んでいくべきか。

何はともあれ、今の俺にはそれを買えるだけのお金がない。物価だって王都の五倍以上もするのだ。

ふ～……宿屋代、服代、鞘代か……これはいよいよ魔物狩りを頑張らないとまずそうだ。

「その前に腹ごしらえだ。いくぞ、グリード」

『ああ』

黒剣を携えて、部屋を出る。すると、廊下にいた宿屋の次女が不思議そうな目をして俺を見ていた。

「お兄ちゃん……剣とお喋り(しゃべ)している…………」

そして、俺から少しずつ距離を取る。どうやら、剣と会話する危ないやつとでも思われてしまったようだ。

これは誤解を解かなければ！　少女に近づいてみるも、距離を保つように後ろに下がるのでどうしようもない。最後は泣きそうな顔をして、

「ママァァァァァァァ！」

彼女は、宿屋の女将に助けを求めるように、走り去っていった。

これから当分の間、お世話になろうと思っていたのに……もしかして二日目にして嫌われてしまったかも……。

そんな俺のことをグリードが《読心》スキルを通して高らかに笑う。

『ハハハッハハハッ、嫌われてしまったな。なあフェイト』

「誰のせいでだと思っているんだ！」

『俺様のせいではないのは、たしかだ』

「お前のせいだよっ！　全く……」

いかんいかん。こんなことをしていたら、また変な目で見られてしまう。

周りの様子を窺うと、廊下の向こうで宿屋の長女が遠い目をして俺を見つめているではないかっ！

あの目は絶対に誤解している。このままでは俺は、上半身の裸を見せつけて、さらに黒剣とぶつぶつ喋る——危ないやつ認定されかねない。それだけは絶対に避けなければ！

「誤解なんだ。この剣は心を持っていて……」

「心を持った剣なんて聞いたことないですっ」

くっ……たしかにそうだ。俺だって読心スキルを通してグリードと会話するまで、そんな剣があるなんて信じられなかった。

いきなり、こんなことを言われて「はいそうですか」なんて納得できないだろう。しかたない。黒剣に向かって独り言をいう人……ってのは受け入れよう。しかし、もう一つは弁解させてほしい。

「そうだよね。これとは別に、さっきはごめんね」

「なっ、何をですか？」

「今度からちゃんと服を着た上で、返事をするよ」

「あっ……それは……」

なぜか言葉を詰まらせる彼女に俺が首を傾げていると、女将がやってきた。朝食の時間になっても俺がやってこないから呼びに来たようだ。

「あら⁉　どうしたんだい？　もう他のお客さんは朝食を食べてしまったよ」

俺は女将に事情を話す。娘がドアを開けて朝食を知らせてくれた時に俺が上半身裸でいたことだ。そのことで彼女を困らせてしまったことを母親である女将に謝る。

するると、女将はしたり顔で娘を見る。

「どうしたんだろうね。いつもならドアを開けずに伝えるはずなのに？　これは一体どういうことなんだろうね」

「ママ……それは………」

なぜか言葉に詰まる娘は、顔を赤くして食堂の方へ走っていってしまう。

これで良かったのだろうか。頬を掻く俺に、女将は言う。

「すみませんね」

「はあ……」

「そっか、そっか。あの子も、もうそんな年頃か」

女将は一人でうんうんと頷き、俺の背中を押して食堂へと連れていく。

その道中、耳元にそっと囁いてくる。

「あのね。昨日、お酒を沢山飲んで歩けなくなった君を娘が部屋まで送ったのよ。その時にね、マスクの下にある君の素顔を見てしまったみたい」

「えええええっ⁉」

嘘だろ……防衛都市バビロンに来てたったの一日で素顔を知られてしまうなんて……。

あああああああぁぁぁぁっ。

昨日の俺を殴ってやりたい。そんな俺の耳に女将は続けて囁く。

「大丈夫、これからもうちのお得意様でいてくれる限り、秘密は厳守するわ」

「……助かります」

もうここ以外の宿屋に行けなくなってしまった。

うん、本当に思う。酒は飲んでも飲まれるな。下手に気が大きくなって、碌なことがない。

肩を落とす俺に女将はニコニコしながら言う。

「過ぎてしまったことを後悔してもしかたない。さあ、まずは朝食を食べましょう」

「まあ……そうですね。いただきます」

「それでは行きましょう」

「ちょっとそんなに押さないでくださいよ」

「いいからいいから」

何だかんだでいい宿屋だ。ここには温かさがある。きっとそれは俺が忘れてしまった家族に似ている気がした。

*

宿屋の長女に多めに朝食を盛ってもらいお腹いっぱいになった俺は、情報収集のために住居区から商業区へ行くことにした。商業区でいろいろ買い替えたいところだが、お金がないので今は我慢だ。

商業区も住居区と似たような造りをしている。表の大通りに面した一等地には、煌びやかな大きな店が建ち並ぶ。その奥へと行くごとに、店のランクが落ちていく感じだ。

一等地のお店なんて、今のボロボロの服ではつまみ出されそうなので、少し奥に入った服屋を覗いてみる。

「うああぁぁ……高すぎる」

『この貧乏人がっ！』

「うるせっ」

金貨1枚もする服に思わず声を漏らしていると、グリードが《読心》スキルを介して呆れながら言ってくる。

そんなことをせずにさっさと魔物狩りをしてお金を稼げと言いたげだ。ちょっと商業区を散策したら、オーク狩りに行ってやるさ。

さらに奥へ歩いていくと、次第に人集り(ひとだか)が見えてきた。

もしかしたら、珍しい品を売っているのかもしれない。その集まりに吸い寄せられるように足を進めると、そこは酒場だった。

お世辞にも綺麗とはいえないその店は、古びた赤レンガこそ歴史を物語っているが、趣のある風情とは言い難い。外観から見れば、今にも潰れそうといったほうがしっくりくる。

そんな酒場にこれほどの人集りがあるなんて、正直信じられなかった。それに、今は朝なのだ。

こんな時間から酒を飲んでいられるほど、この都市に入る人たちは暇なのだろうか。違うと思う。皆が一攫千金を夢見て集まっているのだ。武人なら魔物狩りの準備をしているだろう。商人なら開店の準備だ。

う～ん、それを差し置いても、ここへ来る魅力があるというのか……。

俺が様子をうかがっていると、酒場のドアが開かれた。同時に、人々から歓喜の声が次々と上がり出す。

どうやら、皆の目当ては彼女のようだ。たしかに目を見張るほどの美人である。

僅かに幼さを残した顔立ち。そして透き通るような髪は、まるで水が流れているように艶（つや）やかだ。

何だ……これは目を離せなくなる。気持ちを置き去りにして、無理やりにでも見るべきだと駆り立てられる……この感覚。とても異質に思える。

彼女に惹（ひ）きつけられる人々から、自然と俺は後ずさった。本能が警鐘を鳴らしているのだ。

近づくなと……。

そんな俺にグリードが《読心》スキルを通して言っている。

『やっとお前にもわかるようになってきたようだな』

「それって……まさか」

『ああ、そのまさかだ。奴はお前と同類、大罪スキル保持者だ』

息を呑む俺は、再び水色の髪を持つ女性を見つめる。彼女が俺と同類なのか。

俺の視線に彼女が気がついた。いや、もとから俺に気がついていたんだろう。

人集りから出てきた彼女は俺を見つめ返してニッコリと笑う。そして、魂を鷲掴（わしづか）みにするような魅惑的な声で言った。

「待っていたよ。ボクはエリス。王都からずっと君を見ていた。ここに来ることもわかっていた。だから、一足先にバビロンへ来て、君がやってくるのを待っていたんだ」

エリスはそういうと店の中へ入るように促してくる。さて、どうするか。

まあ、いいさ。その誘いに乗ってやる。もしかしたら、大罪スキル保持者ってのは引かれ合う関係なのかもしれない。

第4話　色欲の守護者

店の中は開店間近だけあって、お客は誰一人いない。いるのは俺とエリスだけだ。

二十席ほどある丸テーブル席の一つに腰を下ろす。

エリスは紫色の瞳を俺に向けて、にっこりと微笑(ほほえ)んでいる。

「あの……君はこの酒場の店主なの？」

「違うよ。ボクはここでアルバイト兼居候させてもらっているんだ。マスターは仕入れで店に居ないだけさ。ちなみにここのマスターは、四十歳にしてまだ出会いがないんだって、只今(ただいま)嫁さんを絶賛募集中とか——」

「そんなどうでもいい情報はいらない。それより、なぜ俺のことを待っていたんだ？」

俺はこれを聞くために、エリスの誘いに乗ったのだ。この酒場のマスターの身の上話を聞くつもりは毛頭ない。

答えを求めたがる俺に、エリスは垂れ下がった青い髪を耳にかけながら、席から立ち上がる。

「まあ、そんなに焦らずにいこう。せっかく会えたんだ。この出会いを祝おうか」

そう言うとカウンター奥へと歩いていき、グラスを二つ棚から取り出した。それらにワインをなみなみと注ぎ始める。

ワイン瓶のラベルを見るに、俺の知っている安物ではない。かなり高価なワインみたいだ。

赤いワインが入ったグラスを二つ手にして戻ってくる。

「さあ、どうぞ。この日のためにずっと取っておいたんだ。君のためにずっとね。もしかしたら、古すぎて口に合わないかもしれないけど、許してもらえると嬉しいな」

「……ありがとう」

どうやら、この出されたワインはエリスにとって思い出深い品物らしく、物憂げな顔をしていた。

そんなものを初対面の俺に出すとは……一体どういうことか。一方的な状況で戸惑ってしまう。

でも、エリスに促されるまま、一口、また一口とワインを飲んでいった。たしかにとても古いワインで昔は美味しかったんだろうと思わせる味だった。

飲み干した俺を見て、エリスは大変満足げな顔をする。

「良い飲みっぷりだね。おかわりを飲むかい？」

俺は首を横に振る。そんなことをするために来たわけではないのだ。

「君はせっかちなんだね。まあいいさ。本来なら、王都で君が暴食スキルを目覚めさせた時に接触しようと思っていたんだ。だけど、なかなか機会に恵まれなくてね。手をこまねいているうちに、君がロキシー・ハートを追って王都を離れていってしまったわけさ」

「そこまで見ていたのか」

「ああ、もちろんさ。ああ、言い忘れていたけど、ボクは色欲の大罪スキル保持者であり、王国の守護者でもあるんだ。君のことは把握していたし、そこのグリードのこともちゃんと知っていた。王都の商業区の蚤（のみ）の市で売られているグリードを保護しようかと考えていたけど、きっとその内、フェイトと巡り合うと思っていたからね。そのままにさせてもらったよ」

それを聞いたグリードの舌打ちが《読心》スキルを通して聞こえてきた。おそらく、エリスの手の上で踊らされていたのが気に入らないんだろう。

「グリードとは面識があるのか？」

「そこまではないかな。ボクは第二世代だから、第一世代たちとはあまり面識がないんだ。

ちなみに、君がバビロンに来るまでに一緒にいた憤怒の彼女は第一世代だよ。もっと言えば、ボクとマインはあまり仲が良くないんだ。ほら、ボクって彼女よりも胸があるじゃない？　それが気に入らないみたいなんだよ」

　エリスはあんなことを言っているが、ただ反りが合わないだけではないかな。マインは馴れ馴れしい人を嫌うのだ。

　それにしても、第一世代、第二世代か……。考えをよそに、エリスは俺が彼女の胸を触れそうなくらいに近づいている。

　チッ。この一挙手一投足が、俺の思考を邪魔するように、邪な感情を呼び起こして揺さぶってくるのだ。一体……この無理やりに相手を魅了するオーラはなんだ。

　俺がそれに抵抗するように顔を引きつらせていると、

「ああ、ごめん。これは色欲スキルの弊害なんだ。この魅了の力はどうしても勝手に溢れてしまうんだ。これにあてられると、男女年齢問わずボクを愛さずにはいられなくなる。フェイトが暴食スキルで、お腹が空いてしまうのに似ているよね」

　エリスは大して気にする素振りもなく、笑ってみせる。

　俺は暴食スキルのせいで、敵を倒してその魂を喰らい続けないと、その内自我が崩壊する業を背負っているのに……。エリスの色欲スキルは俺のスキルと違って、そこまでのリスクはないようだ。おそらく……。

エリスの陽気さに、俺は苦虫を噛み潰したような顔で睨んだ。

「まあまあ、そんな顔はしないでよ。これはこれで苦労をしているんだ。あっ、そうそう、マインで思い出したよ。昨日、君たちは機天使ハニエルを倒したんだよね。あれは七タイプの中でちょっとばかり面倒なやつだったから助かったよ。ありがとう」

「七タイプ？」

「うん、そうだよ。あれは太古のガリアを守護していた生物兵器なんだ。全部で七つのタイプがいる。ハニエルは障壁の機天使と呼ばれていて、成体化してしまうと簡単には近づけなくなってしまう。今の弱体化した聖騎士クラスでは討伐するのが厳しいだろうね」

「考えたくないけど……本当にあと六タイプいるのか……」

空耳ならいいんだけどな……と思いつつ、恐る恐る確認のために聞くと、エリスは苦笑いしながら頷いた。うんざりしていると、空になったグラスにワインを入れてくれる。

「そう、気負うことはないと思うよ。あれのほとんどはガリアの首都で機能停止しているんだ。まあ、気になるのはそのうちの一体……ハニエルを何者かが、運び出したということだね」

あの風化して村の形も失われつつあった場所に、ハニエルの繭が鎮座していた。あれは、もとからそこにあったわけではなく、誰かが故意に置いていることになる。

俺もハニエルの一件に関わったので、気にならないと言えば嘘になる。だけど、ここで関わってしまえば、本来の目的を見失ってしまいそうだ。

注がれていたワインを飲んで渇いた喉を潤していると、

「この話はここまでにしようか。ボクとしても第一世代の揉め事にはあまり首を突っ込みたくはないんだ。さあ、ここからが本題だね」

「本題⁉」

てっきり、機天使絡みの話で終わると思っていた。しかし、彼女にとってそれは重要なことではないようだ。

あんな強い敵を超える問題って何だ？

「聖騎士ロキシー・ハートのことだよ。彼女にはガリアの地で死んでもらう」

「何をっ！　バカなっ‼」

エリスが口にした言葉に俺は怒りを覚えた。

俺は手に持っていたグラスを床に叩きつける。怒りを露わにして睨みつける俺に、エリスは涼しい顔をしながら続けた。

「これは王都、いやこれから先の王国にとって大切なことさ。彼女の死はきっとこの国をより良い方向へ導いてくれる」

「バカを言うなっ！　なぜ彼女が死ぬと王国が良い方向へ行くんだっ！　今の聖騎士の中で、ロキシー様ほど民を思う人はいないんだぞ。俺だって、だから……」

俺はエリスの片袖を掴みかけていた。それでも、エリスは怒ることもなく、淡々としている。

「君は知っているかい。ヘイト現象というものを？」

「魔物を倒していくと、ヘイトが溜まって狙われやすくなるってやつだろう。あれは一日置けば、リセットされるはずだ」

「半分は正解かな。だけどもう半分が足りない。ヘイトは完全にリセットはされないんだ。長い年月をかけて、蓄積(ちくせき)されていく。そして生まれてくるのが固有名称を持った魔物――冠さ。君が以前、ハート家の領地で戦った冠コボルトがそれさ」

そうだった……あれは何世代もハート家の当主がコボルトを倒し続けたヘイトが溜まって生まれたとグリードが言っていた。……というか、そこまで俺の行動をエリスは知っているのか。

監視されていた？　でもどうやって……全く気がつかなかった。

得体の知れない力に俺は掴んでいたエリスの袖を離してしまう。

「少しは落ち着いてきたようで良かったよ。じゃあ、続けよう。そのヘイト現象は人間でも起こるんだ。聖騎士による圧政、差別、貧困……それらによって苦しめられた人々のヘイト。ここに、聖騎士の中で唯一民に慕われたハート家――最後の血筋ロキシー・ハートの死。それも、他の聖騎士たちによって嵌められた非業の死なら、より演出されたものになるだろう」

「何を言っているんだ……」

「ロキシー・ハートの死によって生じた膨大なヘイトが、今まで溜まりに溜まったヘイトを飲み込んで新たな力を持った人間を生み出すための贄となるんだよ。その子たちは聖騎士よりも優れたスキルを持った特別な者として、今後の王国を支える柱になる。どうだい、素晴らしいだろ？」

「人が死んで……素晴らしいわけがないだろ」

そんな人為的に強力なスキルを生み出すためだけに、ロキシー様を使うなんてありえない。彼女の……彼女の人生をバカにしすぎている。

「そうだね。目先の利益をみれば、ロキシー・ハートを失うことは辛い。だけど、五百年先、千年先を見据えると話は違ってくる。君にもわかってほしかったんだ。同じ、大罪スキル保持者としてね。だけど、フェイトは目覚めたばかりだったね。酷なことを言ってごめん。ボクとしては、このまま感情に身を任せてフェイトが天竜と戦うことだけは避けてほしかったんだよ」

俺はそれ以上話を聞かずに席から立ち上がる。そして、店のドアを開けようとした時、エリスの声が聞こえてきた。

「ボクの言いたいことは伝えた。知っておいてほしかったんだ……後は君に任せるよ。約束する。邪魔をするつもりはないし、ボクはただの傍観者でいるつもりさ。だから、また来てもらえると嬉しい。今度はただのお客としてね。ちゃんとサービスはするから」

エリスの声は少し寂しそうだった。マインもそうだけど、エリスも何らかのしがらみの中で生きているのかもしれない。案外、自由なのは俺だけなのかもな。

第5話　武人ムクロ、再び

酒場から出た俺は髑髏マスクを被り直して、一息つく。

後ろには酒場の開店が待ちきれない人々が、相変わらず溢れかえっている。この分だと、あの酒場はエリスがいる限り、この先ずっと大繁盛することだろう。

人を惹きつける力を持つ色欲スキルか……。きっとそれだけではない。

暴食スキルの腹が減るという表の力と、そして魂を喰らい強くなれる裏の力。それと同じように色欲スキルも裏の力があるはずだ。

それに彼女は大罪武器を持っていなかった。まあ、酒場で仕事をしているので、武器を所持するわけにはいくまい。絶対とは言い切れないけど、俺が黒剣グリードを、マインが黒斧(くろおの)スロースを持っているように、エリスは何かしらの大罪武器を持っているはずだ。

「なあ、グリード」

『何だ？』

「エリスはどの大罪武器を持っているんだ？」

『さあな。あいつが言っていたように俺様も面識がほとんどない。過去に見かけた時も、武器は持っていなかった』

「じゃあ、持っていないのかな」

『ハハハッ、それはない』

グリードも知らないのか。まあ、仕方ないか。どちらにしても、エリスは傍観者を決め込むと言っていた。それを信用するなら、彼女の隠された力について躍起（やっき）になってまで調べる必要はない。

さて、昼までに時間はまだ沢山ある。ならば、武人らしく魔物狩りをして稼ごう。

やり方は王都の時と同じだ。魔物を倒して証拠を引き換え施設に提示すればいいのだ。オークなら、ゴブリンの時と同じように両耳を見せればいい。

ガーゴイルなら額の角。魔物それぞれに指定部位が決まっており、それ以外のものを切り取って引き換え施設に見せても、報酬は貰えない。

そこら辺のリストは、今泊まっている宿屋にも置いてあったので、昨日のうちに確認済みだ。

狙うならやはりガリアでもっともメジャーな魔物、オークだろう。

既にオークとは戦っているので、あいつらの統制の取れた攻撃にも一人で対応できる。数も一個中隊——200匹ほどなので、全て倒せばまとまった大金が手に入る。

そのお金で今着ているボロ服を新調して、ついでに黒剣グリードの鞘も新しく作ってもらおう。

商業区の散策はここまでだ。俺は近くの店で大きめの麻袋を二つ購入して、防衛都市バビロンの外へ出ることにした。

「今日もがんばりますか」

『その意気だ。じゃんじゃんバリバリ稼いで、俺様の鞘、高級仕様を購入しろ！』

「そんな贅沢ができるかっ！」

『何を言っている！　日頃、俺様がどれだけ苦労をしているか、わかっていないようだな』

「たとえば、何だよ」

『黒弓から放った魔矢の自動追尾、さらには魔法を重ねて放つ制御調整だ』

うん。たしかにその際はとてもお世話になっている。全く否定できない。

グリードは口が悪いけど、仕事はしっかりとこなすのだ。

「仕方ないな。だから、しっかりサポートしてくれよ」

『任せておけ、俺様になっ！　ガハハッハッ』

ものすごい自信だ。相変わらずだな。

でも少しは見習うべきか。バビロンでは表立って武人として活動していくのだ。偉そうにする必要はないけど、堂々としていくべきだ。

おそらくというか、絶対に一人で魔物を倒しまくっていたら、悪目立ちすること間違い無しだからな。それが気に入らないという輩は雨後の筍のように湧いて出てくるだろう。

そんなときにおどおどしていたら、そんな奴らに目をつけられて要らぬ争いに巻き込まれてしまう。

気を取り直して、外門へ向けて歩いていく。

大通りはやはり人の往来が激しい。これから狩りに挑もうとしている武人、物資運搬中の商人たちなどで賑わっている。

おや⁉　外門前で武人たちの人集りができている。ああ、あれはおそらく王都でもあった臨時のパーティー募集ってやつだろう。

俺には関係のない話だ。

通り過ぎようとすると、声がかかった。

振り向けば、俺よりも一回りほど年を取った男だった。ガッシリとした鎧を着込んでいる。

「そこの髑髏マスクの武人さん。うちのパーティーに入らないかい？　見たところ剣士のようだね。ちょうど前衛ができる奴が怪我をしてしまって困っているんだ」

「悪いけど、俺はソロ派なんだ。誰とも組むつもりはない」

それを聞いた男はギョッとして俺から距離を取る。馬鹿にされるかと思ったら違う反応だ。

男は恐れながら、俺に言う。

「それはすみませんでした。ソロということは……もしかして、あなたは元聖騎士様ですか？」

ああ、なるほどそういうことか。このバビロンには王都の出世争いに負けた聖騎士や、問題を起こして追放された聖騎士が、お金目当てまたは復権のために集まってきている。

おそらく、そのうちの一人と勘ぐられたようだ。

でも、俺はハドを倒して得た聖剣技スキルを持っているので、聖騎士みたいなものでもある。だからここは頷いておいても問題ないだろう。

「まあ、そんなところだ」

「ひっ、すみませんでした。その貴方様の身なりがあまりにも……ですので。それでは失礼します」

そうだよな。こんな所々焼け焦げている服を着ていたら、少なくとも聖騎士には見えないだろう。聖騎士ってのは誇りが高いので、やめてからも以前と同じように仕立ての良い装備を着ていることが多い。

俺はもう一度、武人たちの集団に目を向けた。

いるな。元聖騎士らしき人が三人ほどいるのがわかる。彼らから放たれるプレッシャーも他の武人とは一線を画する。そして目は野心の色で染まっている。

間違いなく一旗揚げようとしているのが手に取るようにわかってしまうほどだ。

グリードが《読心》スキルを通して言ってくる。

『天竜絡みで王都軍がごたついているうちに、成果をあげようとしているのだろう。お前の元ご主人様のロキシーも昨日ここに着いたばかりだ。すぐには動けんからな』

「なら、ロキシー様がここに着くまでに支えていたのが、彼らのような元聖騎士なのか？」

『そういうわけだな。さらに王都軍が着いてからも、魔物討伐に一役買うことで、一段と名を売ろうとしているんだろうさ』

本当にバビロンはいろいろな思惑が渦巻いている。ロキシー様の件といい……マインがガリアの奥へと調査に行ったのも気になる。

悶々とした感情を抱えたまま、俺は外門を通った。

さてと、俺は空っぽの麻袋を背負い直して、ガリアと王都の国境線を目指すために南下を始める。

今のところ目視できる範囲では、国境線を越えてやってくる魔物たちはいないみたいだ。この調子なら、ガリア内に入って魔物の群れを探す必要が出てくる。

「俺ってこのガリアの血生臭い空気が苦手なんだよな」

『そのうち慣れる』

このガリアの空気に漂う独自な臭いをかぎながら食べる飯は、きっと美味しさが半減することだろう。

試しに食べてみるか、バッグから干し肉を一切れ取り出してかじってみる。

あれっ、臭いもあって何だか生肉を食っているような感じに味覚が錯覚してしまっている。

うえぇぇぇぇ……。

俺は半分だけかじった干し肉をバッグへとしまう。しばしのお預けだな。

「昼飯前には王国側に戻ってきたいな」

『それはフェイト次第だろうさ』

全くもってその通りだ。

マインとガリアを訪れた際には、戦うつもりがなくても幾つかのオークの群れに遭遇した。だから、今回もそんなに苦労せずに見つかるだろう。

ガリアを奥へと歩いていると、案の定オークの群れ――一個中隊が目に入る。

「オークって本当にガリアのどこにでもいるよな」

『生命力、繁殖力、成長力の三拍子揃(そろ)った魔物だからな。あまりの繁殖力に人間の女を襲って、子供を生ませるほどだ。それも一度に20匹だ。生まれる時は腹を食い破って出てくる。そして生まれたてのオークの子供は、母体となった人間を喰らうことで通常よりも急成長できる』

「……そういう説明は求めていないんだよっ！」

『ふんっ、せっかく教えてやったのに』

魔物が人を好んで食べる習性があるのは知っていたけど、子を孕(はら)ませるために使うとは知らなかった。その後で子供が母親を食べるんだから余計にたちが悪い。

萎えた気分で、オークたちの群れへ近づいていると、

「あっ、出遅れた」

『何をやっているんだ、フェイト！　このノロマ』

だ。
俺と同じくオークの一個中隊を発見した武人パーティーが、一足先に戦闘を開始したの
「うるせっ」

魔物狩りの暗黙ルールでは、初めに戦闘を開始した者に優先権がある。

そのため、後から横取りするような行為はマナー違反とされているのだ。絶対に守らないといけないということはないけど、頻繁にやっていると、バビロンの武人たちから村八分にされかねないだろう。

パーティーを組まない俺としては、さしたる問題はない。だけど、武人たちから後ろ指を指されるのは、避けたいところだ。

『フェイト、横取りだ。横取りしろっ！　俺様の高級仕様鞘のために』

「無茶を言うな」

オークたちと戦っている武人パーティーは善戦していて、このまま時間をかければ無事に勝てそうな感じだ。このままここで突っ立っていても、ただ時間が過ぎていくだけだな。

他を探すか……なんて思っていると、西の方角からオークの二個中隊――およそ400匹が加勢しようと進軍してくるではないか。このままいけば、その先で戦っている武人パーティーに大きな被害が出てしまう。

「どうやら、俺たちにも出番がありそうだ」

『そのようだな』

俺は黒剣グリードを鞘から抜いて、もう一つのオーク の群れに向けて駆け出した。

第6話　城塞なる魔盾

二個中隊か……。これをすべて倒せば、当分は金銭で苦労せずに済みそうだ。

問題は全て倒せるかだが、ヘイト現象を利用すれば、逃がすことなく一掃できるはず。

手始めにあの400匹くらいのオークの群れを中央突破してやる。

「グリード、いけるかっ！」

『ふっ、いつでも』

俺は一直線にオークたちへとひたすら駆けた。案の定、こんな単調な動きにつられ、中隊のリーダーであるハイオークたちが部下のオークらに命令をする。

途端に無数の紅蓮(ぐれん)の炎と矢が中空に撃ち出され、俺にめがけて飛んできた。

『来たぞ、フェイト』

「わかってるって」

さて、やってみるか。

俺は黒剣を前に突き出して、新たな力——第三位階を引き出す。

形状が片手剣から、魔盾へと変貌を始める。俺の身長よりも大きな黒盾が姿を現す。と、同時にオークたちが放った遠距離攻撃が着弾した。

黒盾から右手に伝わる衝撃。燃え上がる炎の中で矢がとめどなく降り注いでいる。

しかし、俺には全く届かない。すべて黒盾が防いでくれているのだ。

これは使えると思っていると、グリードが鼻高々に《読心》スキルを通して言ってくる。

『どうだっ！　俺様の第三位階は物理攻撃、魔法攻撃もシャットアウト。この城塞のような魔盾はっ！　どうよ！　褒めてもいいんだぞ、敬っちゃっていいんだぞ、フェイト！』

「今は戦いの最中だ。静かにしろっ」

くそっ、まだオークの二個中隊にたどり着いていないのに、グリードはもう勝ったつもりでいるようだ。戦うのは俺なのに、何という偉そうな武器なんだ。

「そんなこと言っていると、鞘を新調してやらないぞ」

『おいおい、それはないだろ。つれないことを言うなよ。フェイトだけ、綺麗な服を着て、俺様だけ汚い鞘だと不釣り合いだろうがっ。普通は逆だろうがっ！　俺様が綺麗な鞘で、お前がそのボロボロの服のままだ』

「何でそうなるんだよっ！　おかしいだろっ！」

相変わらずのグリード節である。使用者である俺がなぜに我慢しないといけないんだ。

オークによる猛攻を黒盾で防ぎながら、俺とグリードはああだこうだ言いながら先へと進む。

もうすぐオークの群れだ。中へ飛び込むタイミングで黒剣に変えようかと思っていると、

『待て、フェイト。そのままで突っ切れ！』

「えっ、本気か⁉」

まさか、鞘を買い替えないと言ったことでも根に持っているのか。おかしなことを言い出すものだから勘ぐっていると、グリードに鼻で笑われてしまう。

『何のためにこれほど大きな盾なのか、教えてやる。さあ、止まらず駆け抜けろっ！』

「もうっ、知らないぞ」

どこからその自信が湧いてくるのだろうか。まあ、グリードがこう言う時は大概うまくいく。

ここはものは試しだ、やってみるか。

俺は黒剣に変えることをやめて、黒盾のままでオークの群れに突っ込んだ。

黒盾を持った手に重い感触が次から次へと伝わってくる。そのたびにオークが「ブヒィイィ」と鳴き声を上げて、天へと昇っていくではないか。

そして、頭の中に聞こえてくる無機質な声がステータスの上昇を知らせる。

「これは……すごい」

『そうだろう、そうだろう。ハハハッハハハッ、これはシールドバッシュだ。それなりの筋力が必要だが今のお前なら問題ない。そして、オーク程度の魔物ならあんな風に吹き飛ばすことができる。さあ、どんどんいけ』

「よしっ、やってやる」

　これはいい。黒剣や黒鎌などを使うより、楽かもしれない。何せ、駆け引きなど必要はなく、ただ標的に向かってぶつかっていけばいいからだ。

　俺はひたすらオークたちを撥(は)ね飛ばしていく。

　そしてUターンして再度、オークの群れへ突入だ。

　またしても、無機質な声によってステータスの上昇のお知らせ。

　何ていうか、こんなことを言うと不謹慎かもしれないが、この戦い方は面白い。

　俺がグリードと一緒になって調子に乗り始めていると、オークたちに新たな動きがあった。

　リーダーであるハイオークが声を荒らげて、陣形を変えたのだ。

　俺の突貫を防ぐため、盾を持ったオークを先頭にして、その後ろを沢山のオークで支えるつもりだろう。

「あれはいけるかな？」

『気にするな。纏めて飛ばしてしまえ。フェイト、思いっきり踏み込んでいけっ！』

「ああ、わかった。オークの肉壁を天へと送ってやるよ」

『その意気だ』

俺は止まることを忘れてしまった暴走馬の如く、オークの群れへと再突入を試みる。

オークたちへ接触すると、今までにないとても重い手応えを感じる。

だが、ここで歩みは止めない。

「うおおおおおぉぉぉぉおおおぉぉぉ」

声を張り上げて、さらに加速していく。オークたちの肉壁に異変が起こり始めた。

グシャッ、グシャッという音が至るところから聞こえてきたのだ。

おそらく、俺が黒盾で押す圧力とオークたちの踏みとどまろうとする圧力によって、力が偏った場所にいたオークが潰れ出したのだ。

ブヒィィィという、断末魔と思しき声まで聞こえだす。そうしている間も、無機質な声が定期連絡のようにステータスの増加を教えてくれた。

オークの陣形は次第に崩れていき、俺の力を抑えきれなくなっていく。

『フェイト、行け、行け、行っちまえ！　豚のミンチの出来上がりだ』
「表現がグロいんだよ！　少しは自重しろっ」
『何を言う。俺様の中に自重っていう言葉はない』

全く……グリードの口の悪さはどうにかできないものか。たしかにミンチになってしまっているけど、あえて言わなくてもいいだろう。

ああぁぁ、あれを見ていると、大好きな肉がしばらく食えなくなってしまいそうだ。

げっそり……。

もう、さっさと終わらせよう。俺は筋力をフルに発揮して、オークの陣形を吹き飛ばす。

文字通り、天に召されていくオークたち御一行。空には飛び散ったオークの血で描いた大輪の花が咲き乱れた。

《暴食スキルが発動します》
《ステータスに総計で体力＋９４０８０００、筋力＋９２１６０００、魔力＋７２９６０００、精神＋７６８００００、敏捷(びんしょう)＋７２９６０００が加算されます》

二個中隊もあった群れも、壊滅状態。俺は少なくなったオークをちびちびと黒盾で撥ね飛ばす。黒鎌に切り替えて、大胆に刈り取っても良かったのだが、今回は黒盾の使用感を掴みたかったので控えた。

だいぶ手に馴染んできたのを実感していると、青色の肌をしたハイオークが2匹逃げようとしているではないか。オークと何度か戦って思ったが、彼らには厳しい階級があるようだ。

上位種であるハイオークのために、ただのオークはまさに身をもって彼らを守るのだ。これは理性からきているのか、本能として組み込まれているのかはわからない。

どちらにしてもオークたちにとって指揮官であるハイオークは絶対なのである。人間でいう民が聖騎士に逆らえないようなものに似ている。

『どうする、フェイト。このまま追いかけて魔盾のシールドバッシュで倒すか？』

「いや、もういい。終わらせよう」

もう魔盾は十分だ。俺は黒弓へと形を変化させる。

そして弓を引いて、魔力によって黒き矢を作り出す。この魔矢は自動追尾機能があるので、放てば勝手に狙った対象に当たるのだ。俺のように弓を扱った経験がほとんどない者でも、これなら、労することなく扱える。

といっても、そのまま射っては進路上にいるオークが身を挺して魔矢を止めるかもしれない。ならば、別ルートからいけばいい。

俺は黒弓を天へと向けて、魔矢を二回放った。

魔矢は黒い軌道を描きながら、オークたちの頭上を飛び越えていき、逃げようとしているハイオークたちの脳天に命中する。２匹のハイオークとも仲良く頭から魔矢を生やして、地面に倒れ込んだ。

《暴食スキルが発動します》

《ステータスに総計で体力＋４０６８００、筋力＋４３５０００、魔力＋３５０６００、精神＋３０８６００、敏捷＋３３６８００が加算されます》

俺は身内に蠢く暴食スキルを感じ取りながら、頷く。まだまだ、大丈夫……。今の俺なら、一度に数百万規模のステータスを喰らってもどうといったことはない。

不思議と機天使ハニエル戦を機に、暴食スキルが眠っているように静かなのだ。一時的なものかもしれないけど、これは俺にとって朗報だった。もしかしたら、暴食スキルをコントロールする訓練の成果が出てきたのかもしれない。そう願っている。

俺はハイオークという指揮官を失ったオークたちを見回す。残った僅かなオークたちは、取り乱して俺に襲い掛かってきたり、逃げ回ったりしていた。

規則的に行動をしなくなったオークなど、ゴブリンやコボルトと似たようなものだ。俺は離れた位置にいるオークを黒弓で倒して、近くにいるオークは黒剣で処理した。

「全部倒せたみたいだな」

『うむ。これでやっと新調できるわけだな。さっさとオークの耳を刈ってバビロンへ戻るぞ』

「わかってるって」

持ってきていた大きな麻袋二つにオークの耳を切り取っては入れていく。数が多いのでこれはこれで結構地味な作業だ。案外、戦っている方が楽かもしれない。

俺はせっせとオークの耳――引き換え施設で魔物討伐の証となる部位を回収した。あらかた刈り取ったときには、陽はすっかり昇りきっていた。

『フェイト、ハイオークの耳を忘れているぞ』

「そうだった」

紛れないように最後にしようと思っていて、忘れてしまっていた。変なところで気が利く性格をしているので何気に役に立つグリードである。

よっしゃ、俺は血塗れの麻袋を二つ背負う。

「じゃあ、帰ろうか」

『そうだな……と思ったが。フェイト、お前にお客さんだ』

グリードに促されて、顔をあげると、武人の大パーティーが俺の方へ歩いてきているところだった。

あれは、たしか……少し離れた位置でオークの一個中隊と戦っていたパーティーだ。ここへ来るということは、彼らもオークたちの討伐を無事に成功させたのだろう。

それにしても、なぜ俺のところへ来ようとしているのか。俺は背負った麻袋を地面に下ろすと、黒剣をいつでも引き抜けるようにして、彼らを待ち構えた。

第7話　失った居場所

人数は……えっと三十人くらいか。なかなかの大所帯だな。

おそらくその先頭を歩いているのが、パーティーのリーダーだろう。

見るからに高級そうな装備で身を固めているのがわかる。そして、その青年は異様なくらい満面の笑みを俺に向けてきていた。これほどの作り笑いは見たことがない。

何者なんだ……俺は黒剣グリードをさらに強く握って身構える。

『落ち着け、フェイト』

「ああ、だけどあいつはやばいって感じるんだ」

そいつは俺の心中などお構いなしにやってきた。未だに能面のような笑いを顔に貼り付けて俺に話しかけてくる。

「やあ、僕はノーザン・アレスタル。君、とんでもなく強いね。遠目から見ていたんだけど、圧倒的な強さにいたく感銘(かんめい)を受けたよ。名前を教えてもらってもいいかな?」

ノーザンは右手を出して握手を求めてくる。だけど、俺はそれに応じなかった。

「俺は、ムクロ。ただの武人だ。それ以上でもそれ以下でもない。もういいかな、これを換金するためにバビロンに戻りたいんだ」

そう言って立ち去ろうとするが、ノーザンが率いるパーティーが俺を取り囲んでくる。

俺は髑髏マスクのズレを直しながら、再び背負っていた麻袋を置いた。

何やら、険悪ムードが漂い始めている。このパーティーの皆がノーザンに心酔しているか、忠誠を誓っているようで、まだ話が終わっていない俺を帰すつもりはないようだ。

挙句の果てには、各々が武器を手に取ろうとまでしている。

チッ、こいつら大人しそうに見えて、かなり短気みたいだ。ノーザンの意に沿わないものなど死んでしまえとでも思ってそうな目を向けてくる。

何なんだ……これは、ただのパーティーがここまでするのか？　いや、それはない。

なら、どうして……。

俺は違和感を覚えながら、ノーザンが腰に下げている武器を見た。

聖剣⁉　なるほど、そういうことか。だからといって、態度を改めるつもりはない。

「聖騎士だったのか……」

「そうお察しの通り、僕は聖騎士だよ。今日は久しぶりのお休みでね。こうやって部下を連れて遊びに来たわけさ」

　呆れた。魔物狩りを遊びと言い放ったぞ。ノーザンはサラサラの金髪を手でかき上げながら、ニッコリと微笑む。もし、俺が女性ならうっとりするかもしれない。だが、俺は男だ。

　げっそりだ。

　それにしても、聖騎士か。なら、俺が二個中隊のオークらを横取りしたと怒っていてもおかしくはない。だから、こんな部下を使って俺を取り囲み続けているのだろうか。

「もしかして、これを置いていけと？」

　俺はオークの耳が詰まった麻袋二つを指差す。

　しかし、ノーザンは首を振る。

　チッ、それだけでは気がすまないってことかよ。

「言っておくけど、これ以上俺から時間を奪うなら、考えがあるぞ」

　ここは力が支配する世界。王都でできないような多少の無茶はきく。

　俺は黒剣グリードを引き抜いて、ノーザンに向けるが、

「まあ、待ちなよ。初めに言っただろ。僕は君の強さにいたく感銘を受けたってさ」

「だから……」

「どうだろう。僕の配下にならないかい？　好きなものを望むままに与えよう」

　これだから聖騎士は……。結局、バビロンまで来ても、王都と何も変わらない。

　金や権力でどうにでもできると思っているらしい。おめでたい話だ。

　それが本当なら、俺はここに来てはいない。

「断る。そういうことは他を当たってくれ。俺は誰にも仕えないし、誰とも組まない。これだけあればいい」

　俺は手に持つ黒剣をノーザンに見せつける。グリードが《読心》スキルを通して、『そうだろう、そうだろう』と調子に乗っているが、今は放っておく。

　俺が仕えていたのはロキシー様だけ、そしてもう誰の聖騎士の下にも仕える気などない。王都を旅立ったあの日に決めたんだ。

　ノーザンはそんな俺を見ながら、食い下がる。

「先程の戦いでその黒剣の性能を見させてもらったよ。いやはや、驚いたよ。それは形を変えるんだね。所謂マルチウェポンってやつだね。古文書で見たことがあるよ。まさか、現存していたとは驚きだ。良かったら、見せてもらってもいいかい？」

「それも断る。これはおいそれと渡せるものではない」

　またしても、グリードが《読心》スキルで、『そうだ、そうだ。もう、この偽優男をたたっ斬れ。俺様が許すぞ』なんて物騒なことまで言う始末だ。

ノーザンと睨み合っていると、彼は溜息を吐いて、手を横に振った。

途端に俺の周りにいた部下がすっと引き下がり始める。

「わかったよ。なら、また次の機会にでもしようか」

「……次もない。しつこい男は嫌われるぞ」

「そうでもないさ。僕は今まで欲しいものは全て手に入れてきたんだ。これから先もそれは変わらない」

相変わらず、清々しい笑顔で俺に道を空けるノーザン。俺は通り過ぎて行くときに、彼の部下たちを見ていく。誰も彼も強そうだ。おそらく、ノーザン自身が目で見て、使える人材を集めていったのだろう。

そして、部下たちは仕えることに喜びを覚えているようにも見えた。

全く……バビロンに来て早々面倒な奴に目をつけられてしまった。俺は聖騎士とは切っても切れない間柄なのかもしれない。

やっとノーザンたちから離れられる。そう思った時、後ろからまた声をかけられた。

「僕はバビロンの軍事区で、昨日来られたロキシー・ハート様の下で働いているんだ。良かったら、遊びに来てくれ。待っているよ」

くそっ、あいつがロキシー様の下にいるのか。一緒にいるのを想像するだけで、何だか……腹が立つ。

それに、ノーザンからは得体の知れない悪意を感じるんだ。ただの武人である俺は、もうロキシー様には簡単に近づけない。考え過ぎじゃなければいいが……もし彼女に何かをするのなら、ぶった斬るまでだ。

エリスの忠告の件もある。ロキシー様を取り巻く不穏な空気は増すばかりじゃないか。考えていても先には進めない。俺は麻袋を背負い直して、バビロンに向け歩き出す。

国境線を越えると新鮮な空気が肺に入ってきた。先程から心の中で渦巻いていた苛立ちが少しずつ消失していく。

だけど、すべてとはいかなかった。今までこんなことはなかったのに、ずっとくすぶり続けるんだ。何だろうか、この焦りにも似たような気持ちは……。

「なあ、グリード」

『どうした？　いつもの元気がないぞ』

「それが…………いや、何でもない」

『何だ、勿体ぶりおって、いいから俺様に言ってみろ』

「いいんだ」

　グリードに相談しようとして、何か違うような気がしたんだ。それにバカにされそうだし、やめておこう。それがいい。気を取り直して、

「さあ、バビロンへ帰ろうか。邪魔が入ってしまったけど、これを換金して装備を新調だ」

『うむ、待っていたぞ。俺様の鞘は黄金製にしろ』

「できるかよっ。重すぎるだろ！」

『ハハハッハハハッ、筋トレだ。どうよっ！』

　筋トレ以前に、趣味が悪すぎる。どこの成金野郎だよ。グリードって派手な装備が好きだからな。俺も同じにしてもらっては困る。きっと、グリードに言われるまま、装備を調えたらすべてが金ピカになってしまう。……想像しただけで絶対に嫌だ。

　そんな姿で酒場や宿屋に行ってみろ、絡まれまくって笑い者にされるぞ。

「どうよっ、じゃない。普通がいいんだよ、普通が！　普通が一番！」

『つまらんやつだな。また～、黒い服を買う気か。地味だな』

「いいだろ。黒は汚れが目立たないから実用的なんだぞ」

『はいはい』

「ふ～ん、そんなこと言っていると、グリードの鞘も黒だな」

『そいつはないぜ。お前の趣味を押し付けるな』

「はっ！　お前がそれを言うかっ！」

ほんとうにもう……さんざん言いたい放題に言っておいて、自分のこと棚に上げるとは何事だよ。

グリードとああだこうだ言い合っていると、防衛都市バビロンが見えてきた。分厚いアダマンタイト製の外壁に守られた頑丈な都市。その北側にある大門を通って中へ入っていく。

さて、これを換金して服や鞘を買い替えるぞ。この髑髏マスクに似合う装備にするんだ。もちろん、黒色だ。

第8話　グリードスタイル

俺が血塗れの大きな麻袋を二つ背負いながら大門をくぐっていると、周りにいる行商人や武人やらがぎょっとした顔でこちらを見つめてきた。

そして、口々に囁く。

「嘘だろ……」

「おいおい、もしかしてあの袋の口から出ているのはオークの耳か……ってことはあれ全部が……」

「なら、オーク二個中隊を一人で殺っちまったのかよ。何者だ、あいつ!?」

囁くといっても、すれ違いざまに言うので丸聞こえだ。この分だと、バビロン内に俺の存在が知れ渡るのもそう時間はかからないだろう。

もう、武人ムクロとして表立って活動していくので、王都のようにコソコソとやっていく必要はない。

バビロンにいる武人の役目は王都に侵入してくる魔物の一掃だ。ガンガン倒してくれる武人は、ここでは重宝されるはず。

グリードを見習うわけではないけど、堂々と構えておかないとな。

袋から血を滴らせながら俺は人混みをかき分けるように進んでいく。引き換え施設は今歩いている大通りの突き当たり、軍事区の大門の東側に併設されている。

寝泊まりしている宿屋の女将によれば、そこがこの都市で一番の賑わいがあるという。王都の軍人を除けば、武人が最も多い場所だ。

魔物についての情報、討伐報酬など彼らにとって一番重要だから当たり前の話だ。あとはそこに行ったときに、定番の偉そうな武人たちが俺に絡んでこないことを願うばかりだ。

さて、今回はそこにいる武人たちがどんな反応をするか気になるところだ。まあ、気にしたところでどうすることもできないけどさ。

そんな悩める俺にグリードが《読心》スキルを通して言ってくる。

『フェイト、そのようなことでどうする。武人ってのは、そんな失礼なやつに気を使う必要ないんだよ。頭から真っ二つに切り捨ててやれ。俺様が手伝ってやる！』

「また物騒なことを言う。言っておくけど、そんなことしたらバビロン中の武人を敵に回しかねないぞ」

『ふんっ、そこは望むところだって言えっ』

「言えるかっ！」

はあ……グリードは俺にどのような武人になって欲しいんだよ。それでは、俺がとんでもない荒くれ者になってしまうではないか……下手をすれば狂人だ。

『要は、もう少し堂々としろってことだ。いつも俺様が言っているだろう』

「わかっているけどさ。ほらっ、俺って暴食スキルに目覚めるまで、ずっと人間として扱われてこなかったから、身に染み付いてしまって、どうしても抜けきれないんだよ」

『情けないぞ。それでも俺様の使い手かっ！　いいだろう、俺様が指南してやる。言うとおりにやってみろ』

「あんまり過激なのはなしだぞ」

『わかっておる。任せておけ、ガハハッハハハッハである』

はあ～、すごく心配になってきた。

でもものは試しだ。グリードのご機嫌取りを兼ねてやってみよう。それに強さが物を言う武人の世界だ。バビロンにやってきて、出だしで他の武人たちに舐められてはいろいろとやりづらい。

俺はグリードから勇ましい武人とはについて簡単なレクチャーを受けた後、軍事区の大門脇に併設されている引き換え施設の中へ入っていく。

これはすごい。なんて広さだ。天井までは吹き抜けで高く、小洒落(こじゃれ)たステンドグラスが色鮮やかに飾られている。あまりの美しさに、何やら宗教めいた神秘性すら感じさせる。

見惚れてしまっていると、左右から体格の良い武人たちが俺を取り囲んできた。

「おい、ここで突っ立っていると邪魔だ。退け」

「なんだ……お前、見ない顔だな。それにその髑髏マスク、趣味が悪すぎる。どこのパーティーの者だ？」

「その手に持っている麻袋はどうした？　どうせ使えないからパシリでやらされてんだろう、髑髏くん。もしかしてそのマスクの下はとんでもないブ男だったりしてな。だから隠してんだろう？　取って見せてみろよ」

はい、速攻で絡まれました。

わかっているとも、俺って自分で言うのも何だけどさ……体格が良くないから、弱そうに見えるのだ。

こうされてしまうと、グリードが言っているのも理にかなっている気がしてきた。

では、やってみるか。俺はグリードに教えてもらったことを思い出しながら始める。

「黙れ、お前らのような雑魚には用はない。痛い目にあいたくなかったら、さっさと消えろ」

「はあ⁉　てめぇ、今なんて言った？」

ニヤついていた武人たちが顔を真っ赤にして、睨みつけてくる。

さすがにここで、武器を手に取ろうとまではしないようだ。流血事件まで起こしたら、引き換え施設から出禁をくらいかねないからだろう。

つまり、素手くらいの殴り合いならいいってことか。現に、武人の一人が俺に殴りかかっているし。

俺はそれを右手で受け止めて、言う。

「やめるなら今のうちだぞ」

「はっ、やれるものならやってみろ。俺には仲間がいるんだぞ」

仲間ね……こいつを合わせて八人か。そこまで言うなら、やってやる。

俺は返事とばかりに、いきがっている男の拳を握り潰す。

「ギャアアアアァァァアアアアアァァ……」

耳障りな声を合図に、俺は手に持っていた麻袋二つを宙に投げる。

潰れた拳を抱えて床に崩れ落ちる男を足蹴りして、まずは退場してもらう。

残るは七人。左から同時に三人が俺に飛びかかっている。

一気に制圧するべきだろう。ならば、格闘スキルのアーツ《寸勁》を発動だ。

これは内部破壊できる強力なアーツ。くらえば、装備を通り越して体内の臓器や骨、血管にダメージを与えられる。素早く、敵を戦闘不能にするにはもってこいだ。

左手に力を込めて、背の低い男の脇腹に一発。続いて、ツルツル頭の男の右肩と左肩に連打。

さらに、顎髭を生やした男の股間を蹴り上げた。

複数の破裂音と共に、崩れ落ちる三人。皆が口から泡を吹いて気を失っている。

あとは四人だが……逃げるかと思いきや、とうとう腰に下げていた武器を取り出して襲ってくる。

ここまでするってことは、こいつらは俺を殺す気のようだ。だからといって、俺も同じになる気はない。

単調な攻撃だった。剣聖アーロンから教わった足捌きを見れば、こいつらの攻撃が手に取るようにわかってしまう。

苦もなく、アーツ《寸勁》によって、四人を地面に叩き伏せる。今では仲良く八人が、床でおねんねだ。

こんなものだろうか。

俺は空中に放り投げていた麻袋二つをキャッチする。

「終わったな」

もちろん、意識のない奴らから言葉は返ってこない。寸勁で内部破壊したといっても、急所は外してある。死にはしないけど、武人として今後活躍するのは厳しいかもしれない。

そして、俺は気絶した男たちを踏みつけて、魔物の報酬を得るために引き換えカウンターを目指す。言っておくけど、あえて踏んでいくスタイルはグリードの案だ。でも今となっては、こんな奴らを踏んでいってもいい気がしている。

お前らのような奴らがいるから、一般人から見た武人の評価が落ちるんだよ。

静まり返るホールを歩いていき、俺から逃げるように順番を空けてくれた武人たちに礼を言って、カウンターの前へ。

受付嬢が若干顔を引きつらせながら、笑顔で対応してくれる。何か……気の毒なので可能な限り愛想よく話しかけてみた。

「これを換金にきました。お願いします」

「はっ、はひぃっ……確認をしますのでお待ちください」

ドスッと置かれた重い麻袋二つ。彼女一人では運べないようで、奥から数人の職員たちがやってくる。

皆がこういった作業に手慣れているのだろう。数の確認はすぐに終わってしまったようだ。

「えっ……全部でオークが400匹、ハイオークが2匹です。あのぅ……一応確認ですが、全部をお一人で倒したのですか？」

「ええ、もちろん。大した敵では無いですから」

俺は髑髏マスクを被り直しながら、答える。ここまできて嘘をつく必要はない。それに、マインと戦った機天使の苦労に比べたら、オークなんて可愛いものだ。

その返事に受付嬢は青い顔をする。はて？　どうしたのだろう。

「申し訳ありませんでした。貴方はもしかして聖騎士様ですか？」

ああ、そういうことか。オークの大群を一人で倒せるなんて、世間一般では聖騎士くらいだ。大罪スキルが表立って知られていない以上、そういった結論に達してしまうだろう。

彼女が恐れているのは、俺が聖騎士だったら何をされるかわからないからだろう。先程、俺に因縁をつけて襲ってきた武人たちを管理できなかったことを理由に、脅されるかもしれないと怯えているのだ。

ここらへんはバビロンも王都と変わらないというわけか。どこに行っても聖騎士絶対主義だな。

とりあえず、安心してもらおう。じゃないと、報酬を早く貰えない。

「いや、違います。俺はただの武人ムクロ。聖騎士じゃないよ」

「本当にですか？」

「こんなことに嘘をついても仕方ないし。それよりも報酬をください。この通り、服がボロボロで買い替えたいんだ」

「ああ、わかりました。すぐに用意します」

カウンターに置かれたのは、なんと金貨100枚。聞くと、オーク1匹につき銀貨20枚。ハイオーク1匹につき金貨10枚だという。手持ちの金貨を合わせると103枚にもなってしまう。

何気に稼ぎまくれるじゃないか⁉　こんなことなら、お金大好きなマインだってしばらくバビロンに居て、お金を稼げば良かったのにさ。といっても、マインはなぜかバビロンへ行くことを嫌がっていたから、どうしようもないことだ。ガリアで倒した魔物ですら、お金に換えたいという素振りすら見せなかったし。彼女にとって、ガリアは違った意味合いがあるのかもしれない。

俺は久しぶりの大金に、髑髏マスクの下はホクホク顔だ。いくら、バビロンの物価が高いといっても、これだけのお金があればまずまずな装備が買えるはずだ。

俺は受付嬢に礼を言って、意気揚々と引き換え施設を後にしようとしたその時、

「あなたですね。あれをやったのは」

凛（りん）とした聞き覚えのある声に呼び止められたのだ。その声の方へと振り向けば、白き聖騎士がいた。そう、ロキシー様だ。

できることなら、ボロボロのみっともない服ではなく、これから新調する服で会いたかった。

第9話　混ざらない色

まさかの登場に俺の心はかなり動揺していた。

でも大丈夫なはず。髑髏マスクの認識阻害によって、ロキシー様は俺がフェイトだと気づけない。おそらく、怪しいマスクを着けた変なやつ程度に思うだろう。

俺を見据えるロキシー様に向かって、口を開きかけて慌てて返事を途中でやめる。

危なかった……使用人だった時のノリで喋りそうになってしまったからだ。

今はもう彼女の使用人でもないし、それにへりくだって喋ると雰囲気から怪しまれてしまうかもしれない。ここは、ざっくばらんにそこら辺にいる武人のように話しかけるほうがいいだろう。

「俺に何か？」

とりあえず、そう言ってロキシー様の出方を待つ。マスクの下は冷や汗でダラダラだ。

彼女はそんな俺の足元を指差しながら言う。

「まずはそこから退いてください。あなたに踏まれ続けている彼らが可哀想です」

「おっと失礼」

俺はどうやらさっき倒した武人たちを、また踏みつけていたようだ。正直、行きはわざとだったが、帰りは踏むつもりはなかった。

だけど、俺はロキシー様の登場に焦ってしまって、彼らをまた踏んで、さらに踏み続けてしまったみたいだ。

さすがに悪かったと思って、武人たちに目を向けたらすっかりと気を失っていた。

無駄かもしれないけど、ロキシー様にこの状況を弁解しておこう。

「これは正当防衛みたいなものさ。こいつらから襲ってきたので反撃した感じかな」

「なるほど……そうですか」

ロキシー様は顎に手を当てて、頷きながら倒れている八人の様子を窺う。

彼らのうち四人は、手に武器を持ったまま倒れているので、襲ってきたのはわかってもらえると思う。

八人の武人たちを見て回った後、彼女は施設の職員を呼んで話を聞き出した。なるほど、当人の証言、現場検証だけではなく、第三者の目撃情報も含めて考慮するわけか。

これなら、俺が彼らに因縁をつけられて襲われたことが証明されるだろう。

しばらくの時間、施設の隅で待っていると、ロキシー様は「状況はすべてわかりました」と言って職員を解放した。

そして、俺の方へ歩いてやってくる。先程と違って、少しだけ穏やかな顔をしている。

俺の直ぐ側までやってきた彼女に違和感を覚えた。

あれ⁉　ロキシー様ってこんなに小さかったか？

王都にいた頃は彼女と目線が合わずに少しだけ見上げていた。だけど、今は見下ろす感じだ。

もしかして、ロキシー様が縮んだ⁉　いやいや、それはない。

そういえば、最近着ている服が合わなくなってきていた。……俺の身長が伸びていたんだ。

ここへ来るまで戦いばかりで、そんなことに気を配る余裕すらなかった。たぶん、食事が改善されて栄養を取れるようになったのが大きいのかもしれない。

ブレリック家の下で城の門番をしていた頃は、少なすぎる給料でどうにか生きるだけのギリギリの食事だった。それが、ロキシー様の使用人になって美味しい食事をとれるようになっていき、そして武人になった今、栄養価の高い食事を貪り喰えるようになった。

マインと一緒にいた時なんか、彼女に釣られて食事をするたびに散財していた。もちろん、全部俺の奢りだったが。

ふむふむ……そのことで、ずっと抑えられていた成長期が遅れてやってきたのかもしれない。まあ、まだ俺は十六歳だし、伸びしろがあってもおかしくない。

そっか……俺はロキシー様より大きくなってしまったのか……なんてしみじみ思っていると、

「ちょっと聞いていますか？」

どうやら、ロキシー様に声をかけられていたようだ。俺は慌てつつも冷静を装って返事をする。

「ああ、もちろん聞いているさ。って、なにか？」

「全然、聞いてないじゃないですかっ⁉　まったく……そのようなことでは、あなたも牢屋に入れないといけませんね」

ううう、牢屋だけは勘弁してほしい。

軽く脅しつつも、ロキシー様は微笑んで許してくれる。

「もう一度、聞きますよ。あなたの名前は？」

「……ムクロ」

「そうですか……変わった名前ですね」

ロキシー様には本名でないことはバレているかもしれない。だけど、武人は仕事内容に合わせて名を使い分けたりするので、深くは追及されなかった。

ホッとしていると、今回の騒動について彼女から説明を始める。

「まあ、今回は大目に見ます。職員の話を聞くに、あの者たちは日頃から自分たちよりも弱そうな武人を見つけては脅して金品を強奪していたみたいです。バビロンを統治する聖騎士が不在であることをいいことに、ずっと他にも悪さを働いていたとも聞きました。あなたがやったことはやり過ぎな面はありますが、管理できていなかった王国側にも非がありります」

「そう言ってもらえると助かるよ。じゃあ、俺はこれで」

「今度利用する時は、おとなしくしてくださいね。あと、そのボロボロの服はできることなら買い替えてください。その……目のやり場に困りますので……」

そう言ってロキシー様は頬を染めながら、俺から逃げるように離れていく。

もしかして、俺は変態扱いされてしまったのか……。フェイトであることはバレはしなかったけど、武人ムクロに対するロキシー様の評価を出だしで、大きくマイナスに振ってしまったかもしれない。いいさ、どうせ偽名だし……うううっ……。

俺から離れていったロキシー様は、連れてきていた兵士たちを呼び寄せて、未だに気絶している八人の武人たちをどこかへ運んでいった。たぶん牢屋だろう。冷たい床の上で大いに反省してほしい。

さて、俺も引き換え施設を出よう。

歩き始めていると、グリードが《読心》スキルを通して言ってくる。

『いや〜、俺様は速攻でバレると思ったぞ。だってさ……ププププッ！　フェイト、お前……演技が下手くそ過ぎる！　硬い、硬すぎるぞ。アダマンタイトかと思ったくらいだ。フェイト・グラファイトをやめて、フェイト・アダマンタイトに改名したほうがいいのではないか？』

「うるせっ」

『しかも、焦りすぎだ。見ているこっちまでヒヤヒヤしたぞ。俺様まで焦らすな』

クッソ。グリードのやつ……俺が突然のロキシー様の登場に焦っているのをニタニタしながら、楽しんでいたんだな。なんてやつだ……ちくしょー。

「もうっ、そんなこと言っていると、新しい鞘を買ってやらないぞ」

『何を言っている！　それとこれとは別だ！　言っておくが、お前がロキシーの前でしどろもどろになっているのを楽しむのが、俺様のさっきできた一番の趣味だ！　実に愉快。なあ、フェイト？』

「本人に同意を求めるな！　そして変な趣味に目覚めんなっ」

こうなったら、次にロキシー様に会ったときは、もっとうまくやってやる。俺はおちょくってくるグリードを無視しながら、先を急ぐ。

早く服を買い替えたいからだ。

『あっ、フェイト。もしかしてロキシーに言われたことを気にしているのか？』

「…………」

『図星か』

百歩譲って、図星だった。

俺は商業区へと入り、手頃な装備が手に入りそうな武具屋を見つけた。そしてガラスケースに展示された黒地の軽装に目を奪われる。見るからに動きやすそうだ。だからといって、防御も怠っていない。急所となる部分にプレートらしき縫い付けがされているからだ。裁縫も丁寧で、提示されている金額以上の手間がかかっているようにも思えた。

試しに《鑑定》してみるか。耐久が４００もあるのか。通常の軽装が１００くらいなので、これは相当な業物になる。

どうするかな……値段は金貨80枚だ。手持ちが金貨１０３枚なので買うとなるとかなり使ってしまうことになる。だけど、悪くない。

意を決して店に入ろうとする俺に、グリードが言う。

『また結局黒か。もっと派手にいけ。それに俺様の鞘は買えるのか？』

「足りなかったら、昼からまた狩りにいくさ」

ガリアは魔物で溢れかえっている。金稼ぎには事欠かない。

ステータスを高めたい俺にとっても、都合がいい。

そう言うと、グリードは珍しく納得したようで、少し静かになった。今のうちにさっさと買ってしまおう。

落ち着いた佇まいの店に入っていく。ドアに取り付けられていたベルが心地よい音を鳴らす。

すると、店の奥から俺よりも二、三歳ほど年上の青年が顔を出した。

「いらっしゃい、何をお探し……」

彼は俺の姿を見るなり、目を皿のようにしてボロボロの服を見始める。

何なんだ……こいつ⁉

通常ではありえない接客に若干引いてしまう。そんな俺を気にすることもなく、青年は俺のボロボロの服にご執心のようだった。顔が近い、近すぎる！

そして彼は強張(こわば)った表情をして、俺に聞いてくる。

「お客さん……一体、何と戦ったらそのような状態になるんですか？　まるで自ら火の海の中に突っ込んでいったような感じなんですけど……こんなの初めてだ」

「⁉」

この男……着ている装備を通して、俺が戦ってきた敵や情景を見ているのか……。すごい才能だ。だけど、あまり知られては困る。そう思って、店を出ようとするが、

「ちょっと待った」

一足先に店のドアの前に回り込まれてしまう。

そして、続けざまに手を合わせてお願いされる。

「どうだろうか、うちの店の装備を着て貰えないだろうか？　半値で提供する……」

「半値だって⁉」

「そうだ。半値でいい」

俺が、なぜそのようなことを言うのか聞く素振りを見せると、彼はホッとした顔をして理由を話し始めた。

第10話　無垢な魂

「僕の名はジェイド・ストラトス。えっと……いわゆる駆け出しの武具職人なんです。実は独立して三ヶ月ほどで」

なるほど、何となくジェイドが言いたいことがわかってきたぞ。

「つまり、こういうことですか。まだ名が売れていない自分の武具を俺が装備して宣伝してほしいと」

「ああ、察しがよく助かるよ。君はかなり強い武人だとその服の傷み具合からわかる。どうだろうか？　安くする代わりに、装備品にこれを付けてほしいんだ」

ジェイドが奥の引き出しから取り出したのは、ストラトス武具店を示す紋章だった。これを縫い付ければ、俺が着ている装備がどこの店の品か、一目瞭然というわけだ。

「でも、俺でいいんですか？　もし俺があなたが思っているような武人ではなかったら。今後、とんでもないことをしでかしてしまった時、あなたの店にそれなりの悪評が轟(とどろ)くかもしれませんよ」

例えば聖騎士たちと対立したり、天竜と戦うために王都軍をも巻き込んだり、考えれば考えるほど、いくらでも良くないことが湧いてくる。

難色を示す俺に、ジェイドは呆れながら言ってのける。

「ハハハッハ、君は心配症なんですね。武人なんてそんなものですよ。そんなものでいいんですよ。後先考えず、今ある一瞬、一瞬を生きていく。どうしようもなく、傲慢で乱暴な奴ら。それが武人って人たちですよ。そんないつ死んでしまうかしれない人たちと商売する僕らも、またどこか似たようなものなんですよ」

「似たようなもの？」

そう聞くと、彼は鼻を指で掻きながら少し照れて、

「ええ、僕だってもっと有名になりたいんです。まずはバビロンで一番。そして、王国で一番に。そのためなら、ただ良い武具を作っているだけでは無理です。自分がこれだと思える武人を見つけて、共に高みを目指す……これが僕の求める道なんです」

最後は力強く言ってのけた。俺は共に高みを目指すという話に感銘を受けていた。若くしてこれほどの志がある職人はそういないだろう。そして、返す言葉は決まっている。

「……わかりました。そこまで言われて、断る理由もないです。これから、よろしくお願いします」

「ええ、こちらこそ。それと敬語はいいですよ。パートナーなんですし」

「ですね。なら、俺も不要で」

俺が差し出した右手をジェイドが握り返してくる。ここに専属契約が成立した。

今後、俺はジェイドが提供する武具を使用することになる。といっても武器はグリード以外ありえない。だから防具のみだ。

まずは展示された黒い軽装を俺のサイズに合わせて調整してもらう。しばらく待っていると、ジェイドは出来上がった軽装を手にして、奥の部屋から現れた。

「ちょっとだけ、細工をさせてもらったよ。どうかな？」

「これは……いい感じだ」

黒い軽装の裏地を捲ると、赤い生地が縫い付けられていた。

「服がひるがえったときにだけ、この赤い部分が見えるんだ。隠されたアクセントさ。早速、着てもらえるかな」

「ええ、ではっ」

すごい……俺の体のサイズをこの短時間で熟知してしまったのか。心地よいフィット感。それでいて、とても動きやすい。この人は……本物だ。俺と出会わなくとも、そう遠くない未来に凄腕の職人として世界に名を轟かせていくはずだ。

王都で買った品との歴然の違いにおののいていると、声をかけられる。

「着てみた感じはどう?」

「予想以上。この軽装を着ることでさらに力が湧いてくる感じがするほどさ」

「そこまで褒められると困ってしまうね。どうだい、ついでにブーツとかも買い替えていくかい?」

「ぜひっ」

ブーツに加えて、ベルトや指ぬきグローブまで揃えていくと、結局当初の設定金額である金貨80枚になってしまった。

ボロボロの服から新品の装備へすべて着替え終わった俺は、店内に設けられた姿見で全身を確認してみる。

自分で言うのも何だけど、いい感じだ。一見黒いが、時折見え隠れする裏地の赤が良いアクセントになっている。

次にロキシー様と出会っても、問題ないだろう。ニヤつく俺に、グリードが《読心》スキルを通して言ってくる。

『馬子にも衣装だな』

「お前……またそれを言うのかっ!」

王都で服を新調した時と同じことを言いやがって……ちょっとは褒めてくれてもいいだろう。

そんなやり取りをジェイドが不思議そうに見ていた。しまった、いつもの癖で人目があるのにグリードと会話してしまった。これでは、黒剣に一方的に話しかける変なやつに見えてしまう。

せっかく専属契約をはたして、これからだというのに何て失態だ。

俺が額から汗を流していると、

「フェイトは、武器を大事にしているんだね。僕も作った武器や防具に話しかけるんだよ。まあ、君みたいに一方的なものだけどね。そのおかげで同業者からは変態扱いだよ」

何と、俺以上の変わり者だった。そして、俺もその枠に入れられてしまったようだ。

俺の場合はガチでグリードと会話をしているんだけど、わかってもらうには俺のスキルを公開しないといけないので、やめておいたほうがいいだろう。

自分と同族と認識してしまったジェイドはノリノリで武具について一通り教えてくれる。

その後、俺が携えている黒剣グリードを見据えた。

「それにしても、その黒剣の鞘はかなり傷んでいるね。どうだろうか、それも僕に作らせてくれないかな」

どうするかな。これぱかりはグリードの好みを優先させないと後で、小姑のようにネチネチ言われてしまうおそれがある。

こっそり、グリードに聞いてみると、試しに作らせてみればいいという返事。グリードも何だかんだ言って、ジェイドの腕の良さを認めたみたいだ。

「なら、お願いしようかな」

「本当かい⁉　では、黒剣を見せてもらえるかい」

「ああ、いいよ」

鞘から引き抜いて黒剣グリードを見せる。すると、ジェイドは口をあんぐりと開けたまま固まってしまう。

「おいっ、大丈夫か？」

体を揺すり続けると、何とかジェイドは正気を取り戻した。そして、また黒剣を食い入るように見ていき、思わず息を漏らす。

「なんて……完成された武器なんだ。こんな片手剣は見たことがない……素晴らしい」

それを聞いたグリードは有頂天だ。日頃から調子に乗っている奴が、さらに調子に乗るなんて、俺からしたら鬱陶しいだけ。

『聞いたか、フェイト！　わかるやつにはわかってしまうようだな。俺様の隠しても隠しきれない剣身から溢れ出る神々しさが！　フハハハッッ、もっと褒めるがよい』

よしっ、気分を良くしている今のうちに、鞘の色を決めてしまおう。金ピカなんてゴメンだから、ここは俺の装備に合わせて、黒にしておく。

しかし、黒一色にしてしまうと、正気に戻ったグリードがゴネる未来が見える。最近のグリードは鞘へのこだわりが半端ないからな。

ここは、ほんの少しグリードの意見を反映しておいたほうがいい。

「鞘は黒をメインにして、装飾を付けてもらえるかな」

「黒だね。で、装飾はどんな感じで？」

「金色をあしらってほしいんだ。少しだけ」

「なるほど……わかったよ。この黒剣が映えるような鞘にしてみせるよ。だけど、これほどの業物だ。それに見合う鞘となれば、金額はかなりの物になるよ。いいかい？」

俺の装備の時は、かなりの金額とは言わなかったジェイド。それが、鞘の製作ではそう言ってのけたのだ。俺は生唾を飲み込みながら、恐る恐る聞いてみる。

「一体……いくらかかるんだ？」

「安く見積もっても、金貨５００枚かな」

俺はその場で咳き込んだ。高いって……。何で俺の装備より、グリードの鞘が六倍以上するんだよ！　なんか釈然としない。

内心で渋る俺にグリードが言う。

『買いだな。金貨５００枚とは安いぞ。ジェイドとやらは俺様のことをわかっているようだから、良い仕事をするだろう。全金ピカ仕様は諦めてやるから、この条件をのむのだ』

もう、グリードはノリノリだった。ここでやめてへそを曲げられても面倒だ。

残りの金貨は23枚。宿屋の宿泊費などを考えると金貨３枚は残しておきたいところだ。

はぁ……、溜息を一つだけ吐いて、

「分割払いでお願いできるかな。今は手持ちで払えるのが金貨20枚しかないから……」

「もちろんだよ。残りの金貨４８０枚はツケておくから。あと製作には一週間ほどくれるかな」

交渉が成立したので、ジェイドはグリードの寸法を隅々まで計測していく。途中、感嘆の声を漏らしながらも、手早い作業だった。

「これで、必要な情報は取れたよ。一週間後にまた来てくれ！　今僕ができる最高のものを作って待っているよ」

「ああ、楽しみにしている。それまでには、しっかりと稼いでおくよ」

俺はジェイドのお店から出ると、髑髏マスクのズレを直しながら、空を見上げる。もう日暮れになってしまっていた。思いのほか、時間を取られてしまったようだ。

さて、どうするかな。また財布が寂しくなってしまった。このまま、宿屋に帰って良いものだろうか。

宿屋は一泊銀貨50枚なので問題はない。あとは夕食とかで追加料金の発生する料理を食べなければいい。女将は勧めるのが上手だから気をつけないとな。昨日みたいに酒をたらふく飲まされてしまうおそれがある。

まあ、その気になればナイトハンティングもやってやれないことはない。王都ではいつも深夜の狩りばかりしていたので、むしろ夜のほうが逆に手慣れたものだからだ。《暗視》スキルによって、月の光のない夜でも昼間のように狩りができるし。

とりあえず、宿屋に帰ることにした。

商業区から大通りを横断して、住宅区へと移動する。時折、酔っぱらいの武人たちが肩で腕を組んで、楽しそうに歩いていく。そういった武人は実りのある狩りができたのだろう。

装備はほとんど調えた俺も、明日からはあんな風になりたいものだ。

俺が宿泊しているひび割れたレンガ作りの宿屋に到着して、中に入る。

「おかえり！　まあ、どうしたんだい！　見違えたよ」

威勢の良い声で迎えてくれたのは、女将だった。男のように豪快に笑いながら、俺の服装を舐めるように上から下まで見てくる。

そして、肩をポンポンと叩かれる。

「これはなかなかの装備だね。かなりかかったんじゃないのか？」

「お察しの通りです。バビロンの物価の高さには驚かされるばかりです」

「すぐになれるさ。君が本物の武人ならね」

「まだまだここへ来て駆け出しなので、あんまりプレッシャーをかけないでくださいよ」

そう言うと、女将は笑いながら言ってくる。

「お腹が空いただろう。さあ、夕食にしようか。娘たちも君と一緒に食事するのを楽しみにしているからね」

「今日は、昨日みたいに飲みませんからね」

「そう、固いことを言いなさんな」

俺は半ば強引に食堂に引き込まれる。そこには娘たち二人が既に席に着いており、俺の到着を待ってくれていたようだ。

そしてテーブルには沢山の酒が……。見たこともない高そうな酒がちらほら。

俺の全財産である金貨３枚は風前の灯火（ともしび）だ。

「さあ、景気良くいきましょう」

「お手柔らかにお願いします」

結果的に言えば……俺の金貨は消し飛んだ。よっしゃ！　明日もバリバリ魔物狩りだ。

自室に戻った俺はベッドに横たわり、目を閉じる。飲み過ぎた……天井はぐるぐると回り始めて、意識はいい感じに暗転していった。

＊

俺はよくわからない世界にただ一人だけ、立ち尽くしている。空を見上げても、真っ白。地面を見ても、もちろん真っ白。

どこまで歩いていっても、同じ世界が続く。地平線の向こうまで途方もなく真っ白だった。

きっとこの世界には白以外存在しないのだ。ほら、ここでは俺に影すらない。

何なんだ……ここは⁉　なんで、俺はこんな場所にいる⁉

辺りをしきりに見回していると、突然……目の前に真っ白な少女が姿を現した。

その娘は忌避されるくらい赤い瞳で俺を見つめて、ニッコリと笑う。

『やっと繋がった……』

彼女の姿には見覚えがある。

そう……そうだ。彼女はマインと一緒に戦った機天使ハニエルの核にされていた少女だ。

「君は……あの時の」

『……の……先に…………………で…………………………』

彼女は何かを俺に伝えようとしているが、どんどん酷くなるノイズによって何を言っているかわからない。

それでも、俺にとって重要なことを言っているんだと感じられた。

必死になって、聞こうとするがやはりダメだ。そうしている内に世界は黒く染まり始める。

彼女に近づこうとするが――。

最後は光一つない世界になり、そして足場すら失った俺は奈落の底へと落ちていった。

「うあああああぁぁぁあああぁぁぁぁ……」

彼女は落ちていく俺を悲しそうな顔で見つめるのみだった。

そして、俺は落ちていく底の方に目を向けると――。

見えたのは、俺が今まで喰らった魔物や人間たちが折り重なり、苦しみもがく、真っ赤に燃えるような世界だった。これを的確に表す言葉は一つのみ、地獄だ。

「ハァハァハァハァ………」

体中に汗をびっしょりとかきながら、俺は目を覚ました。気分は最悪だ。

何だったんだ。あれは……夢なのに異様なほどリアルで、今でもはっきりと脳裏に焼き付いている。

内容はあやふや過ぎて、まるで全貌を掴めないけど、あの暗闇に落ちていく感覚は身の毛がよだつものがあった。

きっと、あの夢は機天使ハニエルを倒すために、あの真っ白な少女を喰らった罪悪感から見てしまったんだろうな。

そうだと思いながらも、彼女は一体……俺に何を言おうとしていたんだろうか。あの悲しそうな顔を思い出すと、気になってしまうんだ。

第11話　黒鞘の素材

まるでお金のない俺は、宿屋の宿泊代と鞘の購入残金を稼ぐために四日間に渡って、ひたすらオークを狩り続けた。

ガリアでは倒しても倒してもオークたちに出くわしてしまうのだ。大規模なスタンピードほどではないにしても、ガリアという場所は魔物が湧きやすいのだろう。

今日もいつもと同じように、大量の収穫だ。三個中隊ほどのオークたちに出くわしてしまったのだ。

そのすべてを討伐したら、三つの麻袋がオークの耳で一杯になってしまった。

この背負っている血塗れの麻袋こそが、武人としての活躍した証でもある。防衛都市バビロンの外門を通って中に入れば、武人たちから羨望の眼差しで見られてしまうほどだ。

初めのうちは、俺をどこかの使いっ走りだと勘違いして悪く言う者もいたけど、連日に渡って大量のオークを狩った証拠を持ってくれば、次第に周りの見る目が変わってくるものだ。

それと合わせて、バビロンにやってきてしばらく経ってもどこのグループにも属さず、パーティーすらも組まない俺を妬ましく思う輩も増えていった。

グリード曰く、ポッと出のルーキーに縄張りを荒らされて困るのは、うだつの上がらない武人だという。

「おいっ、そこのお前！」

そんなうだつの上がらない奴らが徒党を組んで、今日も仲良く俺が引き換え施設へ向かう道を通せんぼしている。

人数は二十人か……これはまた増えたな。

この前は八人だったから、倍以上になったわけだ。それでも、見るからに全員がそれほどの武人ではないのがわかってしまう。だからこそ、質よりも量を求めてこれだけ集めてきたのだろう。

数を増やせば俺に勝てるとでも思っているのか、それとも単に学習能力がないのか……わからないけど、いつも同じことを言ってくるのだ。

「今日という今日は、それを置いていってもらうからな。あと、俺たちの狩場を荒らした罪で半殺しで許してやるよ」

俺が一言も喋っていないのに、街の真ん中で突如始まる戦闘。正直に言ってうんざりなのだが、彼らはまるで話を聞いてくれない。

「本当に懲りないな。勝てないってわからないのかな」

「黙れ、この髑髏野郎。お前が一人でガリア周辺のオークを根こそぎ狩りまくるから、こっちは商売上がったりなんだよっ！」

「そんなことを言われてもな。あなたと同じように俺だって稼ぎたいんだよ」

立派な髭を生やした壮年の武人が、長剣を俺の首元へ斬り込んでくるものだから、親指と人差し指で挟み込むように摘(つま)んで受け止める。

「この……なんて馬鹿力だ……放せっ、この髑髏野郎」

「放したらまた攻撃してくるでしょ」

「当たり前だ！　その腕を斬り落として、武人をやめさせてやる」

なんて無茶苦茶な。そう言っている間にも他の武人たちが怒声を上げながら、五月雨のような攻撃が来るので、躱(かわ)さないといけない。

いい訓練になるといったら、そうなのだが……。オークの三個中隊を狩った帰りなのだ。少しゆっくりとしたいところだった。

俺は指で挟んだ長剣を奪って、地面へと力を込めて叩きつけた。

ガッキ～ン。

けたたましい金属音が街中に鳴り響いて、長剣は半分に折れてしまった。これで一人は無力化できたな。

「うあああぁぁぁ、なんてことをしやがる……俺の金貨10枚が……」

折れた長剣の前で崩れ落ちる壮年の武人。そして男泣きをしていた。

金貨10枚なら、ハイオークを討伐したのと同じだ。あの長剣は簡素な見た目以上に業物だったらしい。

その嘆く武人を見ながら、あることを閃いてしまう。グリードも俺と同じ考えだったようで《読心》スキルを通して言ってくる。

『武器破壊だ、フェイト。あいつらの商売道具を奪ってしまえ』

「ああ、この方が効果的みたいだし」

俺は持っていた三つの麻袋を地面に置いて、鞘から黒剣グリードを引き抜いた。

それだけで、今までいきがっていた武人たちが俺から距離を取る。さっきまで素手だった俺には強気だったのに、武器を抜いた途端このざまなら、そう長くガリアの地でやっていけるとは思えない。

「くそったれ！　髑髏野郎が剣を抜いたからってビビっているんじゃねぇ。いくぞ！」

「おおおおう！」

リーダーらしきバンダナをした男が号令をかけると、一斉に攻撃を仕掛けてきた。剣や槍(やり)、弓矢、魔法など何でもありのオンパレードだ。

このままでは大通りをいく他の人たちに大迷惑をかけてしまう。それに騒ぎを聞きつけた兵士たちがここへやってきてもおかしくはない時間だ。

そろそろ、退散させていただこうか。

「いくぞ、グリード！」

『斬れ味は任せておけ。スパッと斬ってやろう。ハハハッハハッ』

グリードの笑い声を合図に、俺は武人たちの間を駆け抜けていく。その後に聞こえてくるのは、金属音と武人たちの驚きの声だ。

振り向けば、壊れた武器たちが宙を舞っていた。

「俺の槍が……金貨15枚が」

「金貨8枚の弓が壊された……」

「家宝のロッド……どうしよう……ご先祖様に何て言えばいいんだ」

項垂(うなだ)れながら、武人たちが漏らす言葉の数々。

誰もがなかなか高価な武器を使っていたようだった。それほどの業物を買えるほどの使い手だったとも言えるのかな。

今後は心を入れ替えて、俺などに構わずに魔物狩りをしてもらいたいものだ。

「戦うための武器は無くなったようだな。まだするのか？」

「くぅっ……覚えていろよ！」

地団駄を踏みながら、顔を真っ赤にして逃げ出す武人たち。あの調子なら、また襲ってくるかもしれないな。

まあ、その時は今回と同じように武器を破壊してやるだけだ。繰り返していく内に、お金が底をつき始めて、俺に構っている暇などなくなってしまうだろう。

そんな俺の考えをグリードが鼻で笑う。

『気の長い話だな。まあ、フェイトらしいか』

「うん、じゃあ退散するかな」

大騒ぎしてしまったので、野次馬が集まり出していた。この分だと、もうすぐにでも王都の兵士たちがやってきそうだ。

地面に無造作に置いていた三つの麻袋を持ち上げて、その重さを感じながら引き換え施設に向かう。

歩き出してから少しすると、俺が戦闘していた場所へ走っていく兵士たちとすれ違う。

ガシャガシャと鎧を鳴らす音が小さくなるのを聞きながら、面倒事はゴメンだと思うのだった。

なぜなら、魔物を倒した報奨を貰うための引き換え施設は、王都軍が管理しているからだ。さすがに沢山の魔物を倒してきても、出禁にされてしまっては元も子もない。まあ、騒動を起こして現行犯で捕まらない限りは、大丈夫だろう。

しばらく大通りを歩いて行き、軍事区への大門が見えてきた。おそらく、ロキシー様はこの門の先に居るはずだ。つい四日前に偶然引き換え施設内で会ってしまい、びっくりさせられた。

引き換え施設は大門から少し東に進んだところに併設されているので、たまにこの都市の管理者として顔を出しているようだった。

忙しい人だから今日はいないだろう。なんて思いつつ、引き換え施設の中をそっと覗き込む。

「いないな……ふぅ」

『情けないぞ、フェイト。堂々としろと言っているだろうが』

「そんなこと言っても、心の準備があるんだよ」

グリードはそう言うけど、まだ髑髏マスクを身につけて、ロキシー様と向かい合うのに後ろめたさがあるのだ。それにバレたらどうしようという不安もだ。

『それでも俺様の使い手かっ！　バレてもいいと思えるくらい胸を張れ！』

「駄目だろ、それは……」

バレたくないって言っているのにグリードは聞いてくれないのだ。でも、言いたいことはよくわかるんだ。

「わかったよ。この前みたいにグリードに教えてもらったようにいくよ」

『よく言った。それでこそ、俺様の使い手だ。ハハハハハハッ』

うるさいバカ笑いを《読心》スキルを通して聞きながら、引き換え施設の中へと踏み込んでいく。

建物中は相変わらず、天井のステンドグラスから差し込む光で、色彩に溢れていた。

「いつ見ても神秘的な造りだな」

思わず感想を漏らしてしまうと、後ろから聞き覚えのある声――

「そうでしょ、ここは元々はラプラス神を祀(まつ)っていた神殿の跡地を利用していますから。こんにちは、ムクロさん」

振り向くといつの間にかロキシー様が後ろに立っている。

えっ、警戒していたのに……。俺の動揺なんて知らずに、ロキシー様は言うのだ。

「今日はこの前よりも沢山の魔物を倒してきたようですね。あなたのことはもうバビロンでは知らない者はいないでしょうね」

「俺はまだまださ。このくらい、バビロンにいる有名な武人たちなら軽々とやってしまうだろ」

「そうですか？　私はここに来て間もないですけど、あなたのように一人で狩りをする者は他にはいませんけど」

「アハハハッ」

俺は笑って誤魔化しながら、その場から逃げようとした。

「ちょっと待って、あなたに聞きたいことが……もうっ、何でいつも逃げるんですか！」

ロキシー様は俺を追いかけようとするけど、部下の兵士たちがやってきてしまったようだ。何やら真剣な顔になり話している。

そして、引き換え施設から関係者しか通れない軍事区への扉へと行ってしまう。

「どうしたんだろうな」

いつもと違うロキシー様の表情を見て、グリードに聞いてみると、

『さあな、スタンピードでも出たんだろうさ』

「なら大きさは小規模だな。大規模ならバビロン中にサイレンが流れるはずだし」

『そういうことだ。小規模でも普通の武人たちでは手に余る厄介な魔物が出たんだろうさ。

さっさとそれを金に換えるぞ』

引き換え施設は俺が騒動を起こしてから、屈強な兵士たちがいつも監視するようになった。だから、ここで揉め事を起こすような奴らはいないので、俺はのんびりと換金できるのだ。

それでも、俺の姿を見ると小声で色々と言ってくるのは仕方ない。

「また来たぞ、ムクロだ」

「麻袋三つかよ！　今日も稼ぎやがって。お前が一人でそんなに倒したら俺たちの分が無くなるだろう」

「全くだ。ルーキーのくせに調子に乗りやがって。俺たちはパーティーにせっかく誘ってやったのに断るとは、本当に調子に乗っているぜ」

「そのうち、一人でやっていけなくなってもお前を入れてくれるパーティーなんて一つもなくなるぞ。そうだよな、皆」

「「「そうだ、そうだ」」」

ああ、面倒くさい奴らだな。直接言えないものだから、遠回しに言ってくるのか。

『どうした、フェイト。あんな奴らは締め上げておいたほうがいいぞ』

「放っておく。きりがない」

手早く、換金するべし。

引き換え窓口にいる受付嬢に声をかける。俺の場合、討伐数が多いので特別な窓口を利用できるようになっているのだ。

これの良いところは、隣の引き換え窓口の行列に並ぶ必要がない点だ。

こういう特別待遇が、周りの武人たちからの嫉妬を買っているのはわからないでもない。

俺はカウンター下にある台車に麻袋三つを置いた。

「今日の分の引き換えを」

「はい、かしこまりました。うああ、今日は一段と多いですね。ムクロさんはここに来て間もないのに、トップ3に入るほどの稼ぎっぷりですよ」

受付嬢がポニーテールの髪を右に左に揺らしながら、言ってくる。

そう褒められると、素直に嬉しかったりする。そして、このお金はグリードの鞘を作るためになくなってしまうので、あまり稼いだ気にはなれなかったりする。

「お待たせしました。全部でオーク600匹、ハイオークが3匹です。それでは、金貨150枚になります」

金貨150枚となれば、相当な重さだ。持ち歩くのも大変なので引き換え施設に預けておく。

「その金貨は、俺と武具の専属契約を結んでいるジェイド・ストラトスに渡してくださ い」

「かしこまりました、お支払いですね」

他の地域にある普通の引き換え施設ではお金を預けられない。しかし、ガリアで発生する魔物の多さが桁違いなので、バビロンの引き換え施設ではこのようなことができてしまうのだ。

そして最後にバビロンを出ていく時には預けておいたお金を引き出すようになっている。証明書を発行してもらい、俺はジェイドの武器屋へ急いだ。

これでお金の方はどうにかできた。後はそろそろ出来上がっているだろうグリードの鞘を受け取るだけだ。

引き換え施設から出た俺は、バビロンの街を北へ向けて大通りを歩いていく。

そして、東側の商業区へ入り、少し小道を進んだとある武具屋のドアを開けた。店の中は綺麗に整理整頓されており、落ち着いた雰囲気がする。

店の主人の人柄を表しているような感じがした。

ドアベルの音によって顔を出した青年——ジェイド・ストラトスは寝癖がついたまま、目の下には隈（くま）が残っている。

「やあ、ムクロ。おはよう」

「今はもう昼だぞ」

「そっか、こんにちは」

時間の感覚すらなくなってしまっているようだった。

どうしたのかとジェイドに聞いてみる。

彼は眠たそうな目を大きく見開いて理由を教えてくれた。

「黒剣の鞘が、あと一歩のところまで出来上がったんだけど、ある素材が足りないんだ」

それは特別な水晶でガリアの奥に採取できる場所があるという。いつもなら、王都軍が遠征する際に立ち寄って、その水晶を含めたいろいろな素材を採取しているらしい。

だが、ここ最近になって王都軍から仕入れられなくなってしまったそうだ。

ジェイドは代わりになる物はないかと、試したそうだが結局見つからなかった。そして、今の疲れ果てた状況に陥ってしまったわけだ。

「入荷できる見込みはあるのか？」

「その水晶は魔水晶といって、詳しくは僕も知らないけど、ガリアの特別な条件下でしか発生しないそうなんだ。供給は完全に王都軍頼みで、彼らがないと言えば、僕としては打つ手がない状況かな」

つまりは王都軍が取ってくるまで魔水晶が手に入るのは、いつになるかはわからないのか。

「お金は用意できたのに、残念だ」

「すまない。期待させておいて、納期が守れないとは……」

努力をしてくれていることはジェイドの姿からよくわかる。魔水晶が手にはいらないのなら、代わりにできる物はないかと一生懸命に調べていたからだ。

そう思っていると、ジェイドが閃いたような顔をした。

「良かったら、ムクロに取ってきてもらえると嬉しいんだけど、その分安くするし」

「俺にか……魔水晶の採取って簡単なのか？」

「うん、取るのは簡単だと聞くね。問題はそこまで行くことなんだよ。何たって、王都軍の遠征のときにしか行けないほど、ガリアの奥にそれはあるそうだから。でもそれは君なら問題なさそうだし」

「そんなに買いかぶられても困る」

「聞いたよ。バビロンで三本の指に入るほど稼いでいるってね」

あの引き換え施設の受付嬢……なんて口が軽いんだ。おそらく、ジェイドが俺の支払いのお金を受け取りにいった際に、教えてもらったのだろう。

この調子なら、宿屋の女将さんまで知っていそうで怖い。あの手この手で過剰なサービスをしてくれて、お金をガッツリと持っていかれそうだ。

「それだけの強者なら、ガリアの奥へ行っても戻って来られるだろうし。僕が見込んだ武人なら、ぜひ取ってきてもらいたいんだ」

そこまで言われたら行くしかない。その期待に応えて、最高の鞘を作ってもらおう。

「わかった。その場所までの地図があったら貰いたい」

「ああ、ちょっと待ってくれ。確か……この辺に」

整頓された本棚から、古びた紙とそれと同じく地図が描かれた古びた紙を取り出してくる。

「これは鍛冶の修行中だった頃に師匠からいただいたものなんだ。師匠は軍人でもあったから、若い頃に素材採取でその場所に訪れた先で地図に書き留めたんだ。写しの方を君に譲るよ」

「助かる。これは……かなり奥だな」

ジェイドはガリアの奥としか言っていなかったので、なんとなく以前マインと訪れた朽ちた村辺りくらいまでと思っていたけど、違っていたようだ。

渡された地図によれば、そこよりも数倍は南へ進まないとならない。その先に大地が抉(えぐ)

れた巨大な渓谷があり、その中で魔水晶が採取できるみたいだ。

「魔水晶の他にも、珍しい素材の宝庫になっているみたいなんだ。沢山取れば、かなり儲かるかもしれないよ」

「やる気が出る話だな」

ここ最近は天竜が王国の国境線に近づいてはいないので、今のうちにこの地図の場所に行ってきて鞘の素材をゲットしておこうか。ついでに他の素材も採取できれば、ジェイドの言う通りかなり儲かりそうだ。

ステータスが高くなったので、昔に比べてとんでもない速さで走れるし、この距離ならゆっくりしても四日あれば戻って来られそうだ。

「じゃあ、行ってくる」

「魔水晶を頼んだよ」

「おう！」

第12話　王都軍の追跡

威勢よく飛び出した俺はすぐさま、同じ商業区にある店で食料を購入する。

日持ちの良い保存食——干し肉やドライフルーツ、黒パンなどだ。それをバッグに詰め込んで、いざ出発。

今回は魔物討伐が目的ではないので、麻袋は持っていかない。暴食スキルの飢えを程よく抑えるためだけに魔物を狩ることにする。

防衛都市バビロンの外門はガリアと正反対の位置にある。なので、一旦北に進んで外門を出てから、南に向かってガリアへ入るという感じだ。

バビロンの北にある外門を通っていると、両端にいる兵士たちがぎょっとした顔をしていた。

『あの兵士たち、フェイトがまた狩りに行くのかと驚いているぞ。本当に強欲なやつだな、フェイトは』

「それはグリードだろうが……っていうか、俺とジェイドの話をちゃんと聞いていたのか？　誰のためにこんなことをやっていると思っているんだ。鞘だって俺の軽装よりも数倍の値段がするんだぞ」

『当たり前だ。俺様に相応しい鞘だからな。それくらいでも安いほどだ』

こんな強欲なやつに強欲って言われると気分が悪いわ。

グリードは剣だから、鞘のこだわりが半端ないのをよく知っている。今使っている鞘は戦いに次ぐ戦いで、所々にヒビが入っているし、歪みが出ていて収まりが悪いのだ。

だから黒剣を引き抜いて鞘に入れる時に、いつも「この鞘はもう駄目だな」アピールをしてきて、うるさかったりする。

こうなったら早く鞘を作ってやって、静かにさせるのが一番である。今までのグリードとの付き合いで、満足している時のこいつは、その状況を楽しむためにとても静かになると知っているのだ。

「よしっ、いくぞ！　グリード」

『俺様の鞘を作る旅へ！　いざ！』

外門から出た俺は、一気に駆けてガリア大陸へと踏み入る。

途端に体に纏わりつくような嫌な臭気が襲ってくる。何度も通っているが、依然として慣れない。王国とガリア大陸は明らかに何らかの見えない壁によって隔てられている。

そう思わされるほど、世界の違いを感じさせられるのだ。

「この血生臭さ……嫌なんだよ」

『文句を言うな。俺様の鞘のために、さあ走れ！』

今日のグリードはノリノリだな。自分がメインの出来事が今までなかったので、目立ちたがり屋のグリードとしてはテンションが上がっているのかもしれない。

まあ、事を進めるのは全部俺なんだけどな。

ガリア大陸は見渡す限り、荒廃した大地が続いているのみだ。草木など一本も生えない不毛の大地。たまにここでしか見たこともない奇っ怪な苔みたいなものが点在しているのみ。それらが人の背くらいまで成長して、胞子を吹き出しているのだ。

あの胞子には軽い毒があるそうで、極力吸わない方がいいらしい。

「なあ、グリード。あの胞子を一気に吸ったらどうなるんだ？」

『あれか……確か……沢山吸い込んだら肺に苔が生える』

「マジで⁉」

『見てみろ。あの苔、どことなく人の形をしているだろう』

「まさか……あれらって元は人だったのか？」

『そういうことだ。だから、調子に乗って胞子を大量に吸うんじゃないぞ』

気持ち悪いからそんなことはしない。

人だったとわかってみると……不気味さが増すな。

しっかりと距離を取って歩いていこう。苔に侵食されてフェイト苔になってしまった姿を想像していたら、グリードに笑われてしまう。

『フェイト苔！　ハハッハハハハ』

「笑うな！　そして心を読むな」

『お前は顔だけではなく、態度にも気持ちが出やすいからな。髑髏マスクを被っていてもわかりやすいやつだ』

「うるせっ」

『ハハッハハハッハハ』

「だから、笑うなって」

『ププププププッ』

「その笑い方は余計に感じ悪いだろ！」

クソッ、付き合ってられない。黒剣から手を離して《読心》スキルの発動をやめる。

先に進むぞ。胞子を吐き出す人苔を息を止めて通り過ぎる。

しばらく駆けていくと、行く手にオークたちがちらほらと現れ出してきた。

「ガリアから少し奥の方へきたかな」

『オークの密集度で、ガリアのおよその位置がわかるようになってきたな。これで迷子ともおさらばだ』

オークたちの巣――コロニーと呼ばれる場所は、ここよりもずっと南に進んだところにある。

記録に残っている史実では、その場所はガリアの最南端だそうだ。そこがもっともオークが沢山いて、そこから北上するごとに数が減っていくのだ。

ガリアは荒廃した似たような大地が続いており、目印にできる場所が少ない。さらに方位磁石も使えない。そして、極めつきは気候が変動しやすく、空がどんよりとした厚い雲で覆われやすい。太陽や月、星を使って方角も調べられないのだ。

見上げた空は今もご機嫌斜めのようだ。

そこで昔の武人たちが編み出したのが、オークの密集度から北と南を判別するというものだ。北と南がわかれば、自ずと東と西もわかるので、ガリアでは重宝されている。

ちなみにスタンピードの発生源は、最南端にあるオークのコロニーなのだそうだ。そこは絶えず縄張り争いが行われており、負けた集団がコロニーから追放されるという。

それが北へ北へと居場所を求めて進軍してくるのだ。ほとんどはハイオーク1匹とオーク100匹という一個中隊である。

場合によっては、他のオークの集団と交ざり合って、肥大化していく。それが他の魔物や冠魔物を呼び込んで、とんでもない数になってしまう。それをバビロンでは、大規模スタンピードと呼んでいる。

このクラスになると、武人の大パーティー（数十人）では太刀打ちできない。いとも簡単に魔物たちの大波に飲まれてしまうことだろう。

そういったときに、聖騎士たちが率いる王都軍の出番である。数万からなる屈強な兵士たちと共に聖騎士たちは、大規模スタンピードに正面からぶつかって押し留めて、蹴散らしていくのだ。

狂乱している魔物たち——正面から見れば数え切れないほどの魔物が押し寄せてくるように感じられて、その威圧感は相当なものだろう。それに正面からぶつかっていくのはとても勇気ある行為だ。そのためか、バビロンにいる兵士たちは王都の兵士たちに比べて、偉ぶらない人が多い気がする。

そろそろ、俺の接近に気がつき始めたオークたちが、次々とネイチャーウェポンを構え出してきた。

俺は黒剣グリードを引き抜いて、そのままスピードを落とさずに駆けていく。

『フェイト、あんな雑魚を悠長に相手していたら、目的地にはいつまで経っても着けやしないぞ』

「ああ、その通りだよ。だから、これでいく」

黒剣から黒盾へと形を変える。そして突き出すように構えた。

『シールドバッシュか。わかってきたな！　褒めてやろう』

「押し通るときには、かなり使い勝手がいいよな」

俺は足に力を込めて加速していく。

オークたちは炎弾魔法や矢を放って攻撃してくるが、この難攻不落の黒盾の前では、意味をなさない。

道を邪魔する者は、この黒盾ですべて叩き飛ばしてやる。

あと、この戦い方はやはり楽しかったりする。

ドンドンドンドン、ドドドドドド〜ン！

オークたちは黒盾に当たって、飛んでいく音を刻みながら、頭の片隅で無機質な声を聞いていく。

《暴食スキルが発動します》

《ステータスに総計で体力＋156800、筋力＋153600、魔力＋121600、精神＋128000、敏捷＋121600が加算されます》

えっと、オークを32匹倒したみたいだな。加算される合計値から逆算できるので、無機質な声も役に立つ。

『ノッてきたな、フェイト！』

「腹が減ってきたことだし、丁度いい」

邪魔だ、邪魔だ、退け退け退け～!!

久しぶりの後先考えない戦いに、グリードと一緒になって暴れ進んでいく。

『フェイト、前方にオーク2匹発見！』

「よしきた！　うらあぁぁぁ!!」

オーク2匹が天高く飛ばされていって見えなくなる。

俺は暴れるだけ暴れて、オークたちに取り囲まれる前に、その場を駆け抜けていく。

後ろでは、炎弾魔法や矢を放ってきているけど、この距離ではもう届かないだろう。

さらば、オークたちよ。そこからさらに北へ行けば、他の武人たちがいるからそいつらと戦ってやってくれ。

最近、俺がバビロン周辺のオークを倒しまくっているので、彼らが貧窮(ひんきゅう)しているのだ。

オークたちは点となり、次第に見えなくなっていく。

そして、ひたすら進んでいると、遠くのほうで風によってなびく大きな旗が見えた。

……なんと王都軍である。まだ離れていてはっきりと見えないけど、数は一個中隊くらいか。

バビロンからこれほどの距離なら、安全を見て三個中隊くらいはあったほうがいいと思う。

たったこれだけの数で動くということは、よほど急ぎなのかもしれない。

俺はグリードに《読心》スキルを通して聞いてみる。

「なあ、グリードはどう思う？」

『俺様たちと方角が同じなのが気になるな』

「確かに……もう少しだけ近づいてみるか」

静かにそれでも素早く地面を走っていき、大岩の陰に隠れる。

徒歩で進んでいく王都軍。馬を使わないのは、ガリアでは移動に使えないからだ。

こんな不毛の大地では馬を休ませる場所もなければ、餌となる草も与えられない。それに聖騎士や上位の武人ともなれば、馬に乗って移動するよりも、自分の足で走ったほうが速いのだ。

普段、聖騎士たちが馬に乗るのは、地位の高さを下の者へ見せつける行為にすぎない。

大岩に隠れて見ている間にも、王都軍はかなりのスピードで通り過ぎていくのだ。

その中に、部下たちを気遣いながら駆ける金髪の女性がいたのだ。着ている服は聖騎士用のもの……あれは⁉

「ロキシー様だ！　なんでここに‼」

『声がでかい！　見つかるぞ』

やばいっ……グリードに指摘されて、慌てて大岩から出していた顔を引っ込める。

思わず、声を上げてしまった。大失態だ……ドキドキ。見つかっていないよね。

しばらくして、そっと大岩から顔を出して王都軍の様子を見た。

ロキシー様たちはよほど先を急いでいるようで、見えたのは駆けていく後ろ姿だった。

ふぅ～、見つかってしまえば、あれやこれやとロキシー様に聞かれてしまうおそれがある。ここのところ、ロキシー様は俺を見つけると駆け寄ってきて、何かを聞こうとするのだ。

髑髏マスクを被っているから、認識阻害が働いているはずなのに……。これほどガンガンと詰め寄られると、もしかして正体がばれているんじゃないかと焦ってしまうのだ。

『今まで見ていたが、あの娘はどうやら気になっている者が逃げると、追いかけてしまう性分のようだな。フェイトよ、そんなにまごまごしていると押し負けてしまうぞ』

「別にまごまごはしてないし」

『それはどうだか？』

「なんだよ……」

グリードの言っていることは俺も知っている。ロキシー様はここぞという時に押しが強いのだ。表向きは名家の娘として、聖騎士として奥ゆかしい。だけど、ハート家で使用人をしていた時に見せた彼女の顔は、俺をグイグイと引っ張り回す活動的な女性だったのだ。

そんな彼女に、俺は王都の屋敷やハート家の領地などに連れて行ってもらって、いろいろな人たちに触れ合う機会を与えてもらったのだ。俺の世界が広がっていくような気がして、彼女と一緒になって、笑い合ったものだ。俺にとって数少ない幸せな思い出だ。

俺は駆けていくロキシー様を眺めていた。

「どう見ても俺たちが向かう方角だな。もしかして、ジェイドが言っていた王都軍から素材供給が滞っているのに関係しているのかも」

『素材を採取できる大渓谷に何かがあったのかもしれないな。で、どうするんだ？』

「言われ無くても決まっているだろ」

追いかけよう、目的地が同じなら尚更だ。

でも、見つからないようにそっとだ。

ロキシー様が率いる王都軍から、一定の距離を保ちながら南下していく。前方の彼女たちは一向に休みを取らずに、かれこれ数時間ほど走り続けていた。

さすがに鍛えられているな。ステータスの加護があっても、そろそろ体を休めたくなる時間だろうに。

日も暮れ始めており、辺りは次第に薄暗くなっていった。空を見上げれば、あれほど厚い雲で覆われていた空に、星が瞬いている。

「これでオーク以外からも方角がわかるな。グリードは星の見方はわかるのか？」

『当たり前だ。誰にものを言っている。俺様はグリード様だぞ。あの赤い三つの星とその左にある青い星の位置関係から、方角を割り出す。どうだ！』

この世界に生きるものならほとんどの者が知っているぞ。その常識をここまで堂々と言えるやつはグリードしかいないだろう。

「なあ、あの西の空にある一段と明るい星は何て言うんだ？」

ここ数年で急に現れた星だった。気のせいだと思うんだけど段々と大きくなっていっているように見えた。

『あれは……ラプラスだな』

「ラプラス？」

一部の教会で崇拝されている神様の名前だった。昔は多くの信者がいたそうだけど、王国がラプラスの教会を取り壊したり、違う建物へ造り変えたりしたので、次第に少なくなっている。

王国は明確に崇拝を禁止していない。だけど、長い年月をかけて人々からラプラスの名を忘れさせるためにしているように思えた。

「グリードは、神様の存在を信じるかい？」

『俺様が信じるのは俺様だけさ。まあ、おまけでフェイトも信じてやってもいいぞ』

「おまけってなんだよ！」

それもグリードらしいか。黒剣として俺では想像できないくらい長い年月を生きてきたのだ。それでも己を保てるのは自分自身を頑なに信じられる者だけなのかもしれないな。

ラプラスか……。黄金色に輝く星は、夜空の星星の中でただ一つだけ異彩を放っていた。

その光を見ていると、なんとなく「我はここにいる」と、この世界に生きるものたちへ主張しているようだった。

「俺はたまにあの星を見ると恐ろしくもあり……こいつが」

胸に手を当てて、体の中の暴食スキルを感じる。今も同じだ。あの星を見るとこいつがざわめくのだ。

『奇遇だな。俺様も同じさ。俺様たちはどこまでいっても逃れられないのかもしれないな』

「どういう意味だよ？」

『ふん、さあな』

グリードはそれだけ言ったきり、何も喋らなくなってしまった。俺はそんなグリードを置いて、空に輝くラプラスをまた見上げる。

暴食スキルがざわめいて、俺の心まで駆り立てられる感情。

それは郷愁だった。俺が故郷を失って初めて知った感情だ。帰りたいけどもう帰れない場所、忘れられない大事な記憶が残されてしまった場所……そこに寄せる思いが滞留し続けるのだ。

「お前も帰りたい場所があるのか」

暴食スキルに呼びかけてみるけど、当たり前のように返事はない。

スキル相手に何をやっているんだろうか。バカバカしいな。

前方を見れば、ロキシー様たちは移動をやめて、テントを立て始めていた。今日のところはここで休息を取るみたいだ。

第13話　大地を焦がす火蜥蜴

出来上がったテントの周辺には見張りとして十人ほど配置されているようだった。

さて、俺はどうするかな。先を急いでもいいけど。

今日は何だか、そんな気分になれなかった。

俺もここらへんで休ませてもらおうか。手頃な大きさの岩を見つけて、側に座り込んだ。

こんなガリアのど真ん中で熟睡は無理だけど、体の力を抜いて目を瞑れば、多少の休息は取れる。マインやグリードから教わったこと――武人たる者、いかなる場合でも体を休めて、戦いに備えよ。

少しは板についてきたのかもしれないな。

半分眠り、もう半分は起きている。そんな感じで深夜が訪れたときだった。

この感じは⁉

俺は岩に立て掛けていた黒剣グリードを手に取る。

「グリード、魔物だ。それもこの感じは」

『間違いない冠魔物だな。それも複数』

それが西と東から挟み込むように近づいているのだ。狙われているのは俺ではなく、王都軍だ。

ロキシー様もそれに気がついたようでテントから飛び出していた。聖剣を鞘から引き抜いて、部下たちに指示をしている。

意識を集中して、冠魔物の気配を追って、正確な数を調べる。

「4匹だな。くそっ、テントを取り囲むように動き始めた」

『どうする、フェイト？』

「行くに決まっているだろ」

岩から飛び出して、《暗視》スキルで接近してくる冠魔物を確認する。

トカゲを大きくしたような姿をしている。地面を這うように体をくねらせて、ものすごいスピードで近づいていた。

西か、東か、どちらの戦闘に介入するべきか。西側の冠魔物にはロキシー様と部下の聖騎士が先頭に立っている。

東側には、金髪の聖騎士が一人。ほかの兵士たちを西側に比べて多めに連れているけど、戦力的に劣っているように思えた。

西側にいるロキシー様を見る。彼女ならこれくらい大丈夫さ。

「グリード、東側に介入するぞ」

『俺様を黒弓に変えろ！　石化の魔矢で先制攻撃だ』

黒弓にした俺は、弦を引いて魔矢を作り出す。そして、砂塵(さじん)魔法を込めていった。

土色に染まった魔矢を放つと同時に、王都軍のテントへ向けて走り出す。

魔矢は一直線に東からやってくる大トカゲの1匹へ向けて飛んでいき、右前足に命中する。

当たった場所から石化が始まって、大トカゲの足がポッキリと折れた。走っている最中にいきなり前足の一本を失ったので、土埃(つちぼこり)を巻き上げながら派手に転ぶ。

「まずは1匹の動きを止めたぞ。もう1匹も止めるぞ」

走りながら石化の魔矢を放つが、今回は不意打ちではない。そのため、大トカゲがこちらへ向けて、喉を大きく膨らませると、炎を放射したのだ。

その熱量はかなりのもので、地面すら溶解させてしまうほどだった。俺が放った石化の魔矢があえなくその炎で燃やされてしまう。

「なんていう火力だよ！」

『なるほどな、あれはサラマンダーか。体の脂袋に空気に触れるだけで燃え上がる物質を溜め込んでいるぞ。特別なスキルは持っていないから安心しろ』

まだ鑑定スキル範囲外。グリードの教えは役に立つ。

それでも黒弓を使った攻撃はあの炎で防がれてしまうので、接近戦に持ち込んで火の海にされる前に一気に倒すしかなさそうだ。

だが、俺よりもサラマンダーが先に王都軍と衝突した。見たことのある聖騎士が聖剣を構えて、飛び込んでくるサラマンダーを受け止めようとするが、

「ぐあああぁぁ！」

人の五倍はある大きさを受け止められずに、派手に後ろに飛ばされてしまう。そのままテントへ突っ込んでいき、まったく反応がなくなった。あの聖騎士はたしかノーザンだ。俺に会った時、あんなに偉そうにしていたくせに、何をやっているんだ。

指示を出すはずだったノーザンがいきなりいなくなったため、部下たちが混乱し始めていた。

そんな中で栗毛色の髪をした小柄な女の子が、体に似合わないほどの大剣を振るって、勇猛果敢にサラマンダーに攻撃を仕掛けている。

「あの大剣……炎を帯びている。もしかして、魔剣⁉」

『そのようだな。あれは炎を宿す魔剣フランベルジュだ。強力な魔剣だが、相性が悪すぎる』

武器と冠魔物が同じ属性のため、いくら強力な魔剣でもサラマンダーには有効打になっていないようだ。

彼女がフランベルジュを振り下ろした隙をついて、サラマンダーが尻尾を振るう。

か細い悲鳴を上げて地面に叩きつけられてしまった。

そして、彼女に噛み付こうとするサラマンダー。

「ミリア、しっかりしろ！」

壮年の男が彼女の名を呼んで、死角から弓を引く。

見事に目に当たり、サラマンダーが苦しんでいる内にミリアと呼ばれた彼女を安全な場所に運ぼうとするが、

「ムガンさん、後ろ」

「チッ、これはまずいな……」

サラマンダーが喉を膨らませて、辺り一面を焼き払おうとしていたのだ。

二人の諦めかけた声が聞こえるけど、ここまで繋いでくれたことに感謝する。

彼らが時間を稼いでくれなかったら、間に合わなかっただろう。

俺は炎を吹く寸前のサラマンダーを縦に一刀両断した。

《暴食スキルが発動します》

《ステータスに総計で体力＋９０００００、筋力＋１５３００００、魔力＋８３０００００、精神＋９８００００、敏捷＋１２０００００が加算されます》

「大丈夫か？　まだ戦えるか？」

「あんたは一体？」

「話はあとだ。まだ西側に冠魔物が２匹いる。戦えるのなら、ロキシー様の方へ行ってあげてくれ。俺は地べたに這いずっているもう１匹を確実に倒す」

後ろでは倒したばかりのサラマンダーが燃え上がっていた。脂袋を傷つけて引火させてしまったようだ。

ムガンという男は、俺が髑髏マスクを着けた怪しい容姿であるにも拘わらず、すぐさまミリアを連れて、ロキシー様の元へ行ってくれた。見たところ、二人はかなりの強者だ。

二人が加われば、西側の戦いは早く決着が付くだろう。

東に目を向けると、未だに右前足を失ったサラマンダーが、こちらへ向けて体を引きずりながら近づいていた。

この行動は違和感を覚える。ここまでの深手を負ったのなら、逃げようとするものだ。しかし、執拗（しつよう）に王都軍へ向けて攻撃を仕掛けようと足掻いているように見える。

「俺が知っている魔物じゃない。なにか……明確な意思のようなものを感じる」

『魔物なら、危うくなったら本能的に逃げ出すからな』

グリードも俺の意見に賛同してくれる。

サラマンダーの炎に気をつけながら、様子を窺っていると――。

「額のところを見てくれ。何か紋章が刻まれているぞ」

『見たこともないな……だがこれは人為的に付けられたように見えるぞ』

「そうだな」

グリードが言うように人為的だったなら、これは何をするための紋章なのだろうか。

明確な答えがない以上、推測を重ねていっても仕方ない。今はこのサラマンダーを倒すのが先だ。

火炎放射しようと口を開ける前に、黒剣で首を切り落とす。

そして聞こえてくる無機質な声。

《暴食スキルが発動します》

《ステータスに総計で体力＋9000000、筋力＋1530000、魔力＋830000、精神＋980000、敏捷＋1200000が加算されます》

ステータスが大したことないといえど、冠魔物を2匹連続で喰らった。案の定、暴食スキルが俺の中で暴れようと顔を出し始める。

それを抑え込んでいると、ついさっきロキシー様の救援にいった二人が俺の元へやってきた。どうやら、向こう側も決着がついたようだ。

ガッシリとした体格で壮年の男――ムガンが話しかけてくる。

「先程は助かった。儂はムガン。ロキシー様の率いる軍の部隊長をしている者だ。で、こっちの生意気そうなのがミリアだ」

「なんですか⁉　その紹介の仕方は⁉　感じ悪いです」

「何を言う。サラマンダー相手に炎属性の魔剣を使うやつがあるか！　お前はそこで反省していろ」

「だって私の武器はこれしかないんです！」

俺の前でああだこうだと言い合う二人。親子のように年が離れていて、父親が娘を叱っている感じに見えた。

「おっとすまなかったな。いつもの癖で……。あんたは、その姿から察するにバビロンで噂(うわさ)の武人ムクロだな」

「そうだけど」

　ここまで大っぴらに出てきて、否定するつもりもない。それにどうやら王都軍の中でも俺の存在が知れ渡っているようだった。

「なるほど、噂通りの強さだな。冠魔物のサラマンダーを一刀両断だからな。これほどの強さならロキシー様が気になさるわけだ」

「えっ、この人があのムクロなんですか⁉　ちょっと想像していたよりも違いますね。もっとむさ苦しい大男かと思いました。素顔を見たいのでちょっとその仮面を取っていただけますか？」

「バカモン！　これだからミリアは……。仮面をつけているってことは素顔を見られたくないからに決まっているだろう。助けてもらっておいて、なんて失礼なことを言うんだ」

　ムガンが俺に謝りながら、ミリアの頭を小突いた。すると彼女は涙目になりながら、後ろからやってきた金髪の女性に助けを求めたのだ。

「ロキシー様、聞いてくださいよ。またムガンさんが」

「ごめんね、ミリア。今は大事な時だから、後で話を聞くわね」

「そんな～……ロキシー様！」

何とか聞いてもらおうとするミリアの首根っこをムガンが掴んで、テントへ連れていく。

騒がしい二人だった。

そんな人たちがいなくなって、急に辺りは静まり返ってしまう。さっきまでサラマンダー4匹と戦闘していたのが嘘みたいだ。

俺はロキシー様と向き合って、しばらくして口を開いた。

「やあ、偶然だな」

「そうですね。助けていただき、ありがとうございます。まさか、4匹の冠魔物があれほどの連携をして同時に襲ってくるとは、思ってもみませんでした。ムクロさんがいなければ、部下が亡くなっていたかもしれませんでした」

そう言って胸を撫で下ろすロキシー様。

当たり前のようにわかっているだろうけど、俺はあえて忠告する。

「ガリアでは何が起こるかわからないってやつだな」

「全くです。いい勉強になりました。ところで、お礼を兼ねて今日はあのテントで休まれてはどうですか？　ずっと私たちの跡をつけられていたでしょ」

その返しに、俺は着けている髑髏マスクがずれそうになった。

「えっ……バレていたの？」

「もちろんですよ。あなたは気配を消していたつもりでしょうけど、バレバレでしたよ」

グリードが《読心》スキルを通して、『この未熟者がっ！』と言ってくる。返す言葉もない。

「だって、……大声で私の名前を呼ぶんですもの。気付かないほうがおかしいです」

笑ってみせるロキシー様は、強いくせに抜けていますねと言うのだ。

ああ……ということは、俺がロキシー様を見つけて、すぐにバレていたことになるぞ。頭を抱えていると、

「立ち話ではなく、あちらへ行きましょう。そろそろ、倒れたテントなどが元に戻っている頃です」

「そうさせてもらうよ」

「今日は素直でよろしい！　いつも私から逃げてばかりだから、次こそはと思っていたんです」

どうやらグリードの指摘通り、ロキシー様は逃げる者を追いかけ回す性分らしい。

遅かれ早かれ、捕まってしまうのなら今がいいタイミングだったのかもしれない。

俺たちは岩を使って作られた椅子に向かい合うように座った。夜空の星は一段と輝きを増している中で、先程の話の続きを始めようとするが。

「少し寒くなってきましたね。暖を取れるといいのですが、なにせここでは燃やす木もありませんから」

「それなら、これで」

サラマンダーの死体が未だに視界の端の方で燃え上がっているけど、肉が焦げる嫌な臭いがする。あれでは落ち着いて暖を取れない。

俺は炎弾魔法で火球を作り出す。それを俺とロキシー様の間に浮かせてみせた。

「まあ、これは暖かいわ。ありがとうございます。この状態で留めておくなんて、相当な修練をしたんでしょうね」

「せっかくの魔法なんで、ある程度は使えるようにしたかったんで」

「見た目によらず、努力家なんですね」

そう言って、ロキシー様は俺の髑髏マスクを見つめていた。あまりにもじっと見られるものだから、たまらずに言ってみる。

「あまり見られるとさすがに照れる」

「ごめんなさい。なぜでしょうね……あなたを見ていると、ある人を思い出してしまうんです。何というか、話している時のムクロさんの仕草がすごく似ているんです。おかしな話ですよね……彼はハート家の屋敷にいるはずなのに、まるで直ぐ側にいるみたい」

「誰かは知らないけど、幸せなやつだな」

俺は心臓がバクバクになっていた。仕草と言われてハッとしてしまう。

いくら髑髏マスクによって認識阻害が働いていても、何気ない仕草までは隠せないのだ。さらに面と向かって話せば、否応なしに類似点や雰囲気が伝わってしまう。

それでも安心したことがある。彼女の中にいるフェイト・グラファイトは守られるべき者で、今もハート家の屋敷で使用人として働いているのだ。このような場所へ来るような人間ではないという確信があった。

だから、この髑髏マスクさえ取らなければ、俺はこれからも武人ムクロのままでいられるだろう。

そんな俺をおいて、ロキシー様は夜空を眺めた。

「私はたまに彼が幸せなのかと思うときがあります。彼は元からハート家の使用人だったわけではないんです。ある理由で、私が彼を強引に使用人にしたんです。あのときはそれが彼のためになると思っていました。ですがこうして離れてみて、本当にそれが彼のためになったのか」

「そいつは幸せですよ。これほど思ってもらえているなら。これで文句を言う奴なら俺がたたっ斬る」

「ありがとうございます。このような話をあなたにしてしまって、すみません。夜も遅いですし、本題を。ムクロさんはどこを目指しているのですか？　さすがに私たちを尾行していたのではないんでしょ」

　ここまで来て嘘を言う必要もないし、理由もない。

「ジェイド・ストラトスって武具屋に頼まれて、魔水晶の採取に向かっているんだ。本来なら王都軍から購入できる品だけど、なぜか手に入らなくなっているらしくてさ」

「なるほど、やはり私たちと同じでしたか」

　頷きながら、ロキシー様は真剣な顔をして言う。

「その場所へ素材採取に向かった部隊からの連絡が途絶えているのです。そのために街の武具屋に供給できないものが増えている状況です。魔水晶もそのうちの一つとなります。私たちは部隊の救援と、何が起こったのかを調査するために先を急いでいます。目的地が同じなら、それまで行動を共にしてみてはどうでしょう？」

「わかった。そうさせてもらうよ」

「では、これからよろしくお願いしますね」

ロキシー様から出された手。それを見て、俺は読心スキルが発動しないように細心の注意を払って握手した。彼女は裏表のない人だとよくわかっている。

だからこそ、俺は彼女の心を覗いてしまうようなことだけはしたくなかった。

握手を交わしていると、邪魔をする者――栗色の髪をした女の子が現れる。飛び込んできて、いきなりロキシー様に抱きついて後ろへ引っ張ったのだ。

「いつまで握っているんですか⁉　ロキシー様も！」

「ちょっと、ミリア」

「そんなに握手がしたいのなら、私がしてあげます。さあ、どうぞ」

半ば無理矢理に握手されてしまう。いきなりのことで《読心》スキルの制御ができずに発動。

「仲良くしましょうね」

(もしかして、この髑髏野郎はロキシー様にお近づきになりたくて狙っているのかも。だって、わざわざ尾行までしていたんだし。ここは私がロキシー様を守らないと。ちょっと強いからって調子に乗るなよ。もう敵です)

ものすごく警戒されている。そして裏表がありすぎるなこの子……。仲良くしようと言っておいて、敵認定だからな。

髑髏マスクの下で苦笑いしながら、ミリアの手を離す。

「う〜ん。やっぱり、その仮面の下が気になります。気になって眠れそうにないので、取っていただけますか？」

先程と同じように髑髏マスクの下にある素顔が知りたいようだ。この子なら実力行使しかねないので油断できないぞ。

困っていると、見かねたロキシー様が俺とミリアの間に入って止めてくれる。

「ちょっとミリア、そのようなことをしては駄目でしょ」

「えええええっ、ロキシー様だって知りたくはないんですか？」

「それは……知りたいですけど……」

あれっ⁉　止めに入ってくれたけど、何だか雲行きが怪しくなってきたぞ。

どうやら、ロキシー様も内心ではミリアと同じように、髑髏マスクの下にある素顔を知りたいようだった。まあ、そうだろうな。ロキシー様って、王都にいた時は身分を隠して、民の様子を知るために度々抜け出していたし。

気になって知りたくなってしまったことには、抗えないのだ。自分の目で見ないと気がすまない。それを使用人だった俺は彼女の側にいたからよくわかっていた。

それでも、相手に事情がある時は無理強いするような人ではない。だから、ロキシー様

がこれから言おうとしていることは手に取るように予想できてしまう。

「それでも駄目ですよ！」

「いいじゃないですか、ロキシー様！」

「あまり聞き分けが悪いと、後ろの人が黙っていないですよ」

「えっ」

ミリアが振り向くと、頭に血管を浮かせたムガンが目を細めていたのだ。

「げっ、ムガンさん。冠魔物の死体の調査と処分をしていたのでは……」

「誰かさんが抜け出して手伝おうとしないから様子を見に来てみれば、これはどういうことだ？」

「これはロキシー様に悪い虫がつかないようにと」

おいおい、俺って悪い虫のようだぞ。言いたい放題だな。

俺がロキシー様を見ると、苦笑いしながら手を合わせて見せた。ゴメンねという意味だろう。

「では、いくぞ」

「待ってください、ムガンさん」

またしても、ムガンによって首根っこを掴まれて、ミリアは連れて行かれる。

離れて小さくなっても、「ロキシー様、ロキシー様」という声が聞こえてくる。

俺はそれを見ながら、ロキシー様に言う。

「騒がしいな」

「ええ、いつもこんな感じです。でも賑やかでいいですよ」

「確かにそういう見方もできるか……」

「それでは、明日からよろしくお願いします」

「はい」

明日は早朝から出発するというので、用意してもらったテントにお邪魔することになった。

中に入ってびっくり。ムガンと同じテントだったのだ。

まさか部隊長と一緒とは思ってもなかった。そして、両手両足を縄で縛って寝転がされているミリアまでいた。

「何で、彼女がここに!?」

「気にするな。こいつはこうやっておかないとロキシー様の迷惑になるんだ。まあ、これが儂たちの日常ってやつだ」

「どんな日常なんだ」

ミリアが恨めしそうに俺を見ているが無視だ。関わったら先程の続きになってしまう。髑髏マスクを着けて寝るのは面倒だけど、このまま寝るしかなさそうだ。

俺はミリアからしっかりと距離をとって、浅い眠りについた。もちろん、また魔物が襲ってくることを考慮してだし、ミリアが髑髏マスクを取ろうとするかもしれないからだ。

第14話　王都軍

テントに差し込んでくる光によって目を覚ますと、ムガンの足に挟まれて、寝ているミリアの顔が飛び込んできた。

俺が眠りについた後、何とか動こうとするミリアをムガンが取り押さえてくれていたようだ。それにしても、口からよだれを垂らして、何て間抜けな顔をして寝ているんだ。

起き上がって、黒剣グリードを手に持つ。すると、ムガンが目を覚ました。

「昨日は悪かったな。予備のテントがあれば良かったのだが、今回は急ぎなので持ってこられなかった」

「外で岩をベッドに野宿するよりも休めてたので。それよりもムガンはどうなんだ？」

俺は未だに眠っているミリアを見ながら言う。

「いつものことだ。こいつは手間がかかるが、戦いにおいてはいい腕をしている。そのうちにロキシー様の右腕になるかもしれん。それまでは儂が世話を焼いてやっているわけさ」

「親子みたいだな」

「たまに仲間内で言われるさ。ミリアは嫌がっているけどな」

熟睡しているミリアを転がして、俺たちはテントを出た。

外では既に朝食の準備が始められていた。作っているというよりも、切り分けていると言ったほうがいい。

ここはガリアだ。薪も水も簡単には調達できない場所では、手が込んだ料理はできずにどうしても簡素なものになってしまう。

木の皿に載せて配られているのは、コップ一杯の水と硬そうな黒パン、干し肉、ドライフルーツだ。俺がバビロンで用意してきた日持ちの良い食料と同じだった。

「ガリアで行動する時のメシは味気なくて好かんな。どうする一緒に食うか？」

「遠慮しておくよ。ここでは食料は貴重だし、飛び入りで加わった俺の分まで用意しているわけじゃないんだろう。なら、俺は自分で用意しているのを食べるさ」

「そうか……。本音を言えば、そうしてもらえると助かる。おそらく、ロキシー様は自分の食事を分けようとしてしまうかもしれんからな。全く……困った方だ」

そう誇らしげに言うムガンが印象的だった。

少ししてロキシー様も食事の輪に加わって、ささやかな談笑の時間が訪れる。

「あら、ミリアはまだ寝ているのですか？」

「あいつは夜の間、ずっと何とか拘束を解いて、ロキシー様のテントへ忍び込もうとしていましたからね。疲れてしまったんでしょう」

「もう……あの娘ったら……仕方ないですね。起こしてきましょうか」

ロキシー様は食事を中断して、ミリアがいるテントへ歩いていく。すると、しばらくしてミリアの歓喜する声が聞こえてくるではないか。

そして、ロキシー様にベッタリとくっついて、俺たちの元へやってきた。

「あああぁ、ロキシー様に起こしていただきました。もう、死んでも悔いはないです！」

「縁起でもないことを言うな、ミリア！」

ムガンの言う通りだ。これから何が起こっているかわからない、素材採取場に行くのだ。

他の者たちも、ブーブーと言っているがミリアはお構いなしだ。

「おはようございます、ムガンさん。そして皆さん！　今日は良い一日になりますよ！」

「聞いちゃいないな、おい」

ムガンが呆れながら肩を落とす。また騒がしい一日が始まりそうである。

ロキシー様と偶然に目が合ってしまい、お互いで笑ってしまう。

そんな俺の横に、聖騎士であるノーザンが座ってくる。見れば、昨日サラマンダーとの戦いで派手に吹き飛ばされてしまったせいで、怪我を負ったらしく右腕を包帯で巻いていた。それでも、ニヤついて余裕に満ちた顔のままだった。

「やあ、また会ったね。昨日は助かったよ」

「聖騎士のくせに油断しすぎだぞ」

「そう言われると立つ瀬がないね。僕の方は冠魔物が2匹だったんだ。それでちょっと焦ってしまったみたいだ。でも、良かったよ。僕はこの通り、怪我をしてうまくは戦えない。その穴を君が埋めてくれるとはね」

「言っておくが、素材採取場までだ。それまでには治しておけよ」

「善処するよ。それで、僕の下へ来るって話を改めて考えてもらえるかな」

サラマンダーにあれほどあっけなくやられたくせに、よく言ったものだ。どこからそんな自信がくるのかはわからないけど、俺の答えは変わっていなかった。

「俺はお前の下で働くつもりはない。これから何が起こってもそれだけはない」

「残念だよ。君には期待していたのに……」

ノーザンは皿の上に載った食べ物を碌に食べないまま、その場から立ち上がって取り巻きと共に離れていった。俺はそんなノーザンが気になって、食事をしているロキシー様に聞いてみる。

「ロキシー様、ちょっといいか」

「何ですか？」

「あのノーザンっていう聖騎士はどんなやつなんだ？」

「彼は古くからバビロンで、ガリアの魔物から王都を守ってきた聖騎士一族の一人ですよ。ガリアのことを熟知していて、私はよく彼から教わっているんです。今回の素材採取場の件だって、彼がいち早く異変に気がついて、今回の救出と調査を進言してくれたんです」

ロキシー様はノーザンをそれなりに信頼しているようだった。ロキシー様にとっては、初めてのガリアだ。この地での頼れる参謀と言ったところだろう。

「彼はあまり自分のことを話すような人ではないですからね。よく周囲からいらぬ誤解を招いてしまうんです。その点では、ムクロさんと似ていますね」

「えええっ！　俺とあいつが似ている？」

「秘密が多いですから」

そうですね。ぐうの音も出ないな。テントを片付けているノーザンたちに目を向ける。

ノーザンが指示をする形で、手早くテントを大きなリュックへ収めていた。

俺とあいつが似ているか……。俺にはノーザンの飄々（ひょうひょう）として得体の知れない感じが好きになれなかった。

食事を終えたロキシー様たちは、南へ向けて進んでいく。俺もその中に交ざって、走っていくのだが、やたらとミリアがちょっかいを出してくる。

何もない不毛の地が永遠に続いていくのではないかと思える中では、逆に気が紛れて良かった。

「その髑髏マスク、いただきますよ。えいっ」

「よっと！　おいおい、そんなことではこれは取れないぞ」

かなりの速さで走っているというのに、元気な子だ。ぴょんぴょんと跳ねながら、俺の髑髏マスクを奪おうとする。

俺はそれを簡単に躱してみせる。ミリアの動きは単純で、足の動きだけを見ていれば、どう出るのかわかってしまうのだ。

「くぅっ!!　何でそんなに簡単に躱せるんですか？」

「秘密だ。教えたら躱しにくくなるし」

「何ですか!?　こんなに頑張っているのに感じ悪です！」

ムキになって、更にスピードが増していく。これでは目的地に着く前に、ミリアがバテてしまいそうだ。

見かねたロキシー様が彼女へ注意する。

「いい加減にしないと怒りますよ。あと、ムクロさんもミリアを挑発しないでください」

「申し訳ないです……」

喧嘩両成敗という感じで叱られてしまった。するとムガンを含めて、他の兵士たちに笑い声が上がる。

やれやれ。いつの間にか、俺もロキシー様率いる軍の一員にされてしまったようだ。ここにはハート家の使用人をしていた頃と同じ温かさを感じられた。

だが、そんな温かな気持ちも、ノーザンの一言でかき消されてしまう。

途中でオークたちに出くわしながら、数時間ほど走り続けたときだった。

「あそこに見える大渓谷が目的地となります」

荒廃した大地が地平線の向こうでパックリと口を開けていた。どう見ても自然に作られたものではない。とてつもない攻撃で大地がえぐられていると言ったほうがしっくりくる。

地形をあれだけ広範囲に変えてしまう方法なんて思いつかない……いや、もしかしたらグリードの第二位階の奥義――もっとステータスを上げた全力のブラッディターミガンなら思ってしまう。

「なあ、グリード。あれは過去にお前がやったんじゃないよな」

『さあな、どうだったかな。そんな昔の戦いのすべてをいちいち覚えているわけもない』

「言うと思ったよ」

覚えていないか。やってはいないと言わないところをみるに、俺の予想はあながち間違いでないようだ。

俺と同じ暴食スキルを持っていたという人は、大昔にグリードと一緒に何を成したのだろうか。もしかしたら、その一端を垣間見ることができるかもしれない。

なんて思ってしまうと、もっと早く見てみたい。ロキシー様たちから離れるように駆け出す俺に声がかかる。もちろん、ロキシー様からだ。

「あっ、ムクロさん」

「目的地はもうすぐだ。一緒に行くのはここまで」

「仕方ないですね。でも素材が回収できたら、合流しましょう」

めっちゃ睨まれてしまう。ここまで一緒に来たのだから、帰りだって一緒にですよというわけだ。

「わかったよ。俺は観念してロキシー様に答える。

「素材を見つけたら、合流するよ」

「よろしい。気をつけてくださいよ」

ロキシー様に見送られていると、ミリアが飛び出してきて宣言するのだ。

「ムクロ！　帰りはその髑髏マスクを奪ってやりますよ。覚悟しておいてください！」

「ミリア、もうお前は黙っていろ！」

　そして、ムガンによって連行されていった。次に合流する時は少しでも大人しくなってもらいたいものだ。

　ロキシー様たちは、大渓谷へ来たという王都軍の捜索がまずはメインとなる。俺は素材収集が目的だけど、その最中で王都軍を見つけたら、ロキシー様に知らせないとな。

　近づいてみて大渓谷のあまりの大きさに驚かされる。防衛都市バビロンが百個は余裕で入ってしまうほどだ。これでは、魔結晶がどこにあるのかを探すのは時間がかかってしまうかもしれないぞ。

　そして驚いたことに、ここには緑があるのだ。見上げるほどの断崖絶壁に届かんばかりに大樹が青々とした葉をぎっしりと付けていた。たまに吹く風によって、葉が擦れてざわめいている。

　地面には草原が広がっており、ここはまるでガリアの死の世界から切り離された楽園のように見えたのだ。そこへ踏み込んでみると、実感する。

　ガリア特有の臭気――血生臭さを感じないのだ。澄み切った空気が呼吸する度に、肺を満たしていく。

「まるでここだけ浄化されているようだ」

『そうだな。確かにお前が言うように、ここはガリアであってガリアとは違う』

「もしかして、ここであったかもしれない戦いの影響なのか？」

『そうかもしれないな』

「言うと思ったよ」

ここで戦ったかもしれない前暴食スキル保持者は、その力を以て汚染されたガリアの大地すらも、草木が育つように浄化してしまったのか。俺にはまだそのような力はない。

草原をしばらく歩いていき、俺はあるものを見つけて足を止めた。

「これは……魔物なのか」

『石化した魔物のようだな。おそらく長い年月をかけてこの特殊な環境で腐ることなく、ゆっくりと石化していったのだろう』

「まるで、ここは魔物の墓場じゃないか」

そう言ってしまうほど、俺が目に見える先まで、石化した魔物たちがひしめいているのだ。その魔物たちの中には、木や草が生えていたりするものすらある。それらは魔物を養分として成長しているように見えてしまう。

今までに見たこともない景色が広がっていたのだ。

第15話　緑の大渓谷

浄化された大渓谷を東側の断崖沿いに進んでいく。ロキシー様たちは反対の西側へと歩いていくのが見えた。行方不明になった人たちの拠点がそこにあるらしい。

俺も用事が終わったらそちらへ行ってみよう。一緒に帰る約束をしてしまったし。

果たして、どこに魔結晶があるのだろうか。ジェイドによると、それは無色透明な水晶で、淡く紫色に発光しているという。

なんだか、それだけ聞くと呪われていそうな不吉な水晶に思えた。まあ、実物を見てみないことには、俺の思った通りのものかはわからない。

石化した魔物たち——冠魔物と思われる大物から、オークやゴブリンまで多種多様だ。

「グリード、あれを見ろよ」

『これは、まだ生きているな』

足や腕があらぬ方へ向いているオークたちだった。どれも口から泡を吹いて今にも死にそうだった。

俺は見上げる。四百メートルほど先にある崖上から転げ落ちてきたのだろう。

「ここには魔物を惹きつける何かがあるのかな。じゃないと、ざっと数えて50匹くらいのオークが同時に崖から落ちるなんて、ありえないだろ」

『惹きつけるものか……表面上は見当たらないがな』

グリードの言うように、目の前には草原が広がっている。後は石化した魔物と石化しようとしている魔物だけ。

不思議なことにオークたちがこれほど大怪我を負っているのにもかかわらず、苦しんでいる様子など一切ないのだ。それどころか、満ち足りた表情を浮かべ、ただひたすらに死を待っているように見えた。

捕らえた魔物たちを安息へと誘う場所か……。

死に行くオークたちを横目に更に奥へと進んでいく。それでもまだ目的の魔結晶は見当たらない。

「無いな……本当に魔結晶はあるのかな?」

『あるだろうさ。現に王都軍がバビロンへ供給していたんだ。この大渓谷を歩いていたら、そのうち見つかるだろう』

かなり広いからな、こんなことならガリアに詳しいというノーザンに魔結晶が採れる場所について事前に聞いておけば良かったな。でも、あいつと関わるのは嫌だったので、何とかなるだろうと思ってしまったのだ。

予定では魔結晶はそこら中で、採取できるイメージだった。しかし、現実はそううまくはいかないようだ。

どこかにあるはずなんだ。ここか⁉　そこか⁉

あっちやこっちや、探し回っていると、断崖にキラリと光る物が！

フフフフフッ、おやおや……とうとう見つけてしまったのかな。

近づいて確認すると、拳大くらいの黄金色の鉱石だった。

「何だ……外れか」

俺が手に持った鉱石を投げ捨てようとしたとき、グリードが大きな声で待ったをかける。

『捨てるな！　これはオリハルコンだぞ。お前は本当に価値がわからんやつだな』

「マジで、これが⁉」

『嘘だと思うなら、鑑定スキルで見てみろ』

いい加減なグリードがらしくなく、真面目に言ってくるので、《鑑定》スキルを発動させた。

オリハルコン：とても希少で神聖な鉱物。素材に使うことで、聖なる加護を受けた武具を作成できる。

おおっ！　本当だった。

「これって売ったら、いくらになるかな」

『見つかるオリハルコンはほとんどは豆粒くらいだ。拳くらいの大きさなら、豪邸が数軒は建つだろうさ』

「よしっ、持って帰ろう。まだないかな」

一攫千金だ。もっとオリハルコンをゲットするために、東側の断崖沿いを歩いていく。幸運なことに二個も同じ大きさの物を見つけてしまったのだ。

「やばいぞ。俺はこれだけあれば、いくら物価の高いバビロンでも悠々自適な暮らしができそうだ」

『毎日、宿屋の女将に金を搾り取られていたからな。それを見せると、更にサービス向上して、宿代が上がりそうだな』

「もう高級な宿屋並の待遇だから、この先があるのなら逆に見てみたい」

『一泊金貨20枚とか言われそうだな、ハハハハハハッ』

物価の高いバビロンでも、高級な宿で一泊金貨5枚が相場だ。その四倍は一体どんなサービスなのだろうか……。

王都で門番をしていた頃は、五年かけて銀貨2枚を貯めるのがやっとだった。銀貨100枚が金貨1枚なので、グリードが言った宿泊費は、尋常でないほど高額である。

バビロンに来てから、金銭感覚が大きくずれていくような気がしてならない。節約するなどして、お金の使い方を見直したほうが良さそうだ。

「それにしても、オリハルコンがガリア産だったなんて知らなかったな。これを使って、聖騎士が使う聖剣が作られているんだろう？」

『特殊な力を宿した素材のほとんどはガリア産だ。ここは特異な環境だから、そういった物が生まれやすいのさ』

「魔結晶もその一つというわけか」

『そういうことだ。さあ、さっさと探せ！』

「これだけ探しても見つからないんだから、少しは手伝ってくれてもいいだろ」

『仕方ないやつだな』

やっとやる気を見せたグリードが黙り込む。どうやら魔結晶の気配を探っているようだった。何だよ、できるならできるって言ってくれたら、こんなにも探さなくても済んだのにさ。

『むむむっ！　感じるぞ、ここよりも更に南だ』

「南だな、よしっ」

大渓谷は南に行くほどに緩い下り坂になっていた。石化した魔物の数は、南下すればするほど増えていっている。地面が石化した魔物が積み上がって見えなくなるくらいだ。

仕方ないので、それらの上を歩いていく。

「気味が悪いな」

『よく言うぜ。日頃、こいつらの魂を喰らっているくせに』

「それはそれ。これは別だろう」

しばらく歩いていくと、グリードが言う。

『この辺りだな』

「どこにあるんだよ……」

そう思いながら、崩れた断崖を見た途端、息が止まるかと思った。岩の中から顔を出しているその姿――魔物を無理やり繋ぎ合わせたような異形の怪物。マインと共に戦った機天使だった。

咄嗟（とっさ）に黒剣を構えるが、

「動いていない？」

『機能を完全に停止しているな。見ろ、あそこを』

「コアがない」

以前に戦った機天使ハニエルは、真っ白な少女をコアとして取り込んで動いていたのだ。

そして、マインの助力を得ながら、コアを喰らって機天使を倒した。

そのコアが無いのなら、これは動かないというわけか。それにハニエルよりもサイズは小ぶりだ。気になったので《鑑定》スキルで調べてみる。

機天使　Lv1
体　力：6300000
筋　力：5400000
魔　力：4700000
精　神：2300000
敏　捷：2000000
スキル：ERROR

機能停止していてもステータスを見ることができた。

ハニエルのような固有名称は無い。ただの機天使という名前だ。

レベルが1というのはハニエルと同じだ。

スキルもERRORとなっている。なぜこうなっているかはマインから教えてもらった。

それは、人工的に無理やり繋げた魔物のスキルが不安定なために、鑑定スキルで読み取れないかららしい。だから倒して暴食スキルが喰らっても、不安定なスキルを得ることはできない。

ステータスは高いので六百万くらいだ。ハニエルが二千万超えをしていたのに比べれば、弱いと言える。それは俺たち大罪スキル保持者から見ればなので、一般の武人からは出会ったら死を覚悟しなくてはいけないレベルだろう。無論、聖騎士でもこのクラスなら一人では戦えない。

ハニエルよりも劣る機天使を見上げながら、グリードに聞く。

「何で、ここにあるんだろう」

『これは機天使の試作型だな。大方、大昔の戦いで地中に埋もれていたんだろう。それが最近になって、覆(おお)っていた岩盤が崩れて顔を出したってところか』

岩に埋まった機天使の様子を見ていた。

そして何気なく目線を南へずらしていくと、さらにずっと先に大きく崩れた場所があった。

嫌な予感がして近くへ向かう。すると岩壁の中から、何か大きな者が這い出して、西へと向かった痕跡があるではないか。

石化した魔物を踏み荒らしながら進んでいる方向から見て、間違いないだろう。

目を覚ました機天使が、ここにいたという王都軍の兵士たちを襲ったのだ。

それもこの足跡の数から、3体はいるぞ。

「魔水晶どころじゃなくなってきたな」

『行くか？』

「当たり前だろう！」

ロキシー様の戦いぶりを見ていて、単なる冠魔物程度なら、問題なさそうだと思って離れたのだが——しかし、機天使となっては、話は別だ。

ハニエルよりも劣る力を持つ機天使だったとしても、彼女のステータスでは一人で戦うのは厳しいだろう。しかもそれが3体である。

急いで駆け出した時に、西側で大きな爆炎が上がった。

次第に見えてくる大きな体が木々の間から姿を現す。そこではロキシー様やムガン、ミリアたちが機天使に囲まれていた。ムガンが腕から血を流して、気を失っていた。他にも一緒にいる兵士たち数十人も同じように怪我を負っている。おそらく、不意打ちを食らったのだろう。

動けるのはロキシー様とミリアくらいだ。ノーザンがその場にいないことが気になった。まさか、まだサラマンダーとの戦いで痛めた腕の調子が悪いとか言って、どこかで休憩しているんじゃないだろうな。

これほどの戦闘音が大渓谷中に鳴り響いたのだ。ここへ駆けつけてもいいと思うのだが、やってくる気配すら感じられなかった。

第16話　機天使の再来

俺は草むらから飛び出すと、同時に1体の機天使の足の一本を斬り飛ばす。そのまま、取り囲まれているロキシー様たちと合流した。

「大丈夫か？」

ロキシー様に声を掛けると、ホッとした顔で状況を説明する。

「ええ、なんとか……ですが、この見たこともない魔物に不意を突かれたところ、ムガンが先頭にいたミリアを庇(かば)って怪我をしてしまいました。他の兵士たちも巻き込まれる形で……」

そして怪我人を連れて退避したくても、三方から機天使たちに囲まれているので、逃げられない状況になっていたようだ。

だが、俺が1体の機天使の足を斬り落としたことで、包囲網にほころびが生まれた。どうやら、この機天使はハニエルのように強力な再生能力を持っていないらしい。

四本足が三本になったために、思うように自分の体重を支えることができずにふらついていた。傷口がぶくぶくと血で泡立って、少しずつ再生が始まっている。しかし、あのスピードなら、完全に再生するまで一週間はかかりそうだ。

そして、周りの機天使たちに目を配らせる。

「これは機天使といって、コアが弱点だ」

「コア？」

「あの胸に取り込まれている魔物がいるだろう。あれがこの機天使を動かしているコアだ。あれを倒せば、機天使は崩壊する」

俺は何も知らないロキシー様に機天使について説明する。それにしても、コアが魔物とは……。

3体のうち、2体のコアがオーク。そして残る1体がハイオークがコアだったのだ。

それを見たグリードが《読心》スキルを通して言う。

『岩盤が崩れて顔を出した機天使に、偶然迷い込んだ魔物が取り込まれてコアにされたか。しかし、同時に3体とは偶然と言えるのか……』

「俺も気になるけど、今をどうにかしないと」

まずは怪我人を安全な場所へ連れて行かないことには、思う存分戦えない。

「ロキシー様、いけるか？」

「ええ、ミリアもいいですね」

「はい」

二人共、戦い慣れた武人だ。一から十まで言わなくても、俺の動きでわかってくれるだろう。

黒剣を握る腕に力を込めると、前足を斬り落とした機天使へ詰め寄る。

機天使は周囲に炎を展開させて、懐へ入らせないようにする。しかし、炎耐性スキルがある俺には、この程度の炎ならダメージにならない。

壁のような炎を突き抜けて、機天使の懐へ。コアを狙うように黒剣を振り上げると、機天使は両腕でコアを守る動作をしてみせた。その隙を見逃さずに、元々狙っていた最後の前足を斬り飛ばす。

機天使は前のめりになって大きく傾いた。その反動で、展開した炎の壁は消失する。

ロキシー様がすぐに飛び込んできて、コアになっているオークの首を横に断ち切った。

機天使はコアを失うと、動かなくなりその場に沈黙する。

残りは2体。俺はそれを横目で見ながら、ミリアの元へ急ぐ。彼女は俺たちが攻撃を仕掛けている間に囮になってくれていたのだ。

「うあああぁぁぁ！　死んじゃう、死んじゃうよ。早く!!」

これはなかなかの回避だな。口では大袈裟に言っているが、魔剣フランベルジュの炎をうまく使っている。機天使から放たれる炎を同属性を利用して御してみせているのだ。もしかしたら、サラマンダーとの戦いでヒントを得たのかもしれないぞ。

ミリアっていう子……普段はあれだけど、戦いにおいてはすごい才能を持っているな。

いつまでも感心してはいられないので、ミリアに声を掛ける。

「もういいぞ、道は開けた。避難を始めてくれ」

「くぅっ、まさか髑髏野郎に助けられるとは一生の不覚！　でもありがとうございます」

「それはどうも。ムガンのことも頼むぞ」

「わかっていますよ。あっ、ロキシー様!!」

ミリアがぐったりしているムガンを担いでいると、ロキシー様がやってきたことに感激した。

おそらく、自分のために手を貸してくれるのだと思っているのだろう。

「ミリア、ムガンと他の者を安全な場所へ。残りの機天使は私とムクロさんで引き受けます。避難後に、別行動を取っているノーザンたちと合流してください。そして今の状況を知らせて」

「はい……ロキシー様もお気をつけて」

後ろ髪を引かれつつもミリアが先頭に立って、まだ動ける兵士たちに指示していく。そして、怪我人たちを背負って、退避を始めた。

あともう少しで、気兼ねなく戦えそうだ。俺はロキシー様に声を掛ける。

「同じ要領で、確実にいくぞ」

「わかりました」

二人で剣を構え直すと、オークをコアにしている機天使を狙って駆ける。途中、ハイオークをコアにしている方からも、炎の壁をぶつけてきた。

俺は黒剣を黒鎌に変えて、炎を斬って消失させる。そのままの勢いで、もう1体の機天使の両足を黒鎌でいっぺんに斬り落とした。

またもや、体勢を崩す機天使のコアをロキシー様が狙う。すかさず俺はハイオークをコアにしている機天使の方へ向き身構える。ロキシー様が攻撃を仕掛けている時に、邪魔をさせないためだ。

案の定、ロキシー様へ炎の壁をぶつけようとしてきたので、黒鎌で難なく斬り伏せる。

俺の後ろでは、ロキシー様がコアになっているオークの首を斬り落としたところだった。

これで残りは1体。何というか、ロキシー様と初めて共闘したのだが、お互いの動きが手に取るようにわかってしまう感じだ。アーロンやマインとも一緒に戦ってきたけど、彼女との共闘が一番違和感がなく、戦えるのだ。

　それは彼女もわかっているようで、俺を見つめながら少し驚いているようだった。

「あと1体だな」

「ええ、このまま一気に終わらせましょう」

「大丈夫か。息が上がっているぞ」

「まだまだ、いけますよ。ラストアタックをさせていただいたので、信じられないくらいの沢山の経験値(スフィア)を得ることができました。おかげさまで、沢山レベルアップしてしまいました」

「それは頼もしい」

　ロキシー様はそう強がっているけど、自分よりもステータスは格上の敵だ。それと仲間を守りながら、ミスの許されない戦いである。早めに決めておきたい。

　俺が最後の機天使に向かって駆ける。ロキシー様もすぐ後ろに続く。

　次々と炎の壁が行く手を阻むが、黒鎌の前では意味をなさない。斬り裂いて、炎を掻き消していき、そのまま前足を斬り飛ばしてやろうとした。しかし、さすがに三回連続で成功させてくれるほど、コアであるハイオークはバカではなかった。

ハイオークは後ろへ大きく飛び退く。大きな体で十メートルくらいの高さまで上がっている。

「着地と同時に追撃だ」

このタイミングなら躱せないだろう。俺たちは、着地する場所へ走っていき、仕掛けるチャンスを合わせる。

しかし、機天使が着地すると同時に、攻撃は仕掛けられなかった。

「うあぁぁっ」

「きゃあぁっ」

それは思いもよらないことであった。

まさか、機天使が着地した衝撃で地面が割れてしまい、その下にあった大空洞へ落ちていくなんて……。全くもって予想できなかったのだ。

落ちていく中で《暗視》スキルを発動させて、深さを確認する。底が見えない、かなり深いぞ。このままではまずいと思って、俺は一緒に落ちているロキシー様の腕を掴んで、抱き寄せる。

「えっ……」

「こう見えて、丈夫さには自信があるんだ」

そう言うと、彼女は何も言わずに、体を俺に預けてくれた。そして、信じられないほどの衝撃が俺の背中を襲う。

おそらく、底に達したのだろう。くらっとしたのはつかの間、すぐに意識が遠のいていった。

第17話　大空洞の底

どのくらい経ったのだろうか、グリードの声で目を覚ます。

『おいっ！　起きろ、フェイト』

「グリード……痛たたっ。肋骨にヒビが入っているかも。ロキシー様は……見た感じ怪我はしていないそうだけど……」

俺の体の上で、意識を失っていたロキシー様がしばらくしてからぼんやりと目を開けた。

「………フェイ？」

その言葉を聞いた瞬間、俺は顔につけていた髑髏マスクを慌てて確認する。落ちてきた衝撃で外れてしまっていたのだ。

ないっ!!　動揺しつつも辺りを見回すと、すぐ横に落ちていた。左手でそれを拾って被る。

もう遅いかもしれないけど誤魔化すしかない。そう思ってロキシー様を見ると、目を瞑ってまた意識を失っていた。

俺は上着を脱いで、折り畳んで枕にしてロキシー様の頭を乗せて寝かせた。

三十分ほど過ぎただろうか、彼女はゆっくりと目を覚ました。

「大丈夫か？」

ロキシー様の答えはかなり遅れて返ってきた。意識がはっきりするまで時間がかかったようだった。

「ええ、先程はすみません。ムクロさんのおかげでこの通りです。あっ……」

立ち上がって、怪我のないことをアピールしようとするが、左足を痛めていたようで、バランスを崩して転けそうになる。

「大丈夫じゃないな。肩を貸すよ」

「すみません」

ロキシー様は申し訳なさそうに俺の肩を借りた。彼女の様子に変わったところは全く見られない。

隠し事が下手なロキシー様なら、必ず何らかの反応があるはずだ。たぶん俺の顔を見てフェイと呼んだことも、気を失っていたときの夢とでも思っているかもしれない。大渓谷へ来るまでも、俺のことをある人（フェイト）に似ていると言っていたし、そのせいで変な幻を見たと勘違いしてくれるといいのだが。

　今は出口を探しつつ、一緒に落ちた機天使がどうなったかを調べるべきだろう。

「謝ることはないさ。俺がしたくてしていることなんだ」

「そうですか。なら、遠慮なく」

「この場所から離れたほうがいいだろうな。一緒に落ちた機天使がどうなっているか、気になるから」

　満足に戦えない状態のロキシー様を少しでも安全な場所へ。

《暗視》スキルを使いながら、この大空洞を見回していく。やはり、ここにも石化した魔物が転がっていた。おそらく、大渓谷は長い時をかけて魔物が積み上がっていっているのだろう。その過程で、こういった大空洞が発生してしまったというところか。

　俺たちは運悪くそこへ落ちてしまったわけだ。

　それにしても、見たこともない魔物たちだな。これほどの深さにいるので数千年前の魔物なのかもしれない。首が七つある魔物や、足が無数にある魔物、獣なのに蛇のようなしっぽを持つ魔物……これらは古代の魔物なのだろうか。

　見た目からも今いる魔物とは比べ物にならないくらい強そうである。

　ロキシー様も初めて見る光景におっかなびっくりといった感じだ。

「これらの魔物の化石は初めて見ますね」

「過去に生きていた魔物みたいだな」

「先程の襲ってきた魔物は機天使というのですね？　あれも古代の魔物なのでしょうか？」

「ああ、あれは四千年前にガリアが繁栄していた時に作られた人工の魔物らしい。魔物合成をして兵器として扱える技術があったと聞いたんだ」

「それは誰からですか？」

「ガリア人の生き残りさ」

ロキシー様は何か考えるように、しばらく黙っていた。

「もしかして、その人は大きな黒斧を持った少女でしょうか？」

「……そうだけど」

「やはりそうでしたか。私の領地にその娘が訪れたことがあったのです。それ以来、気になって彼女のことを調べていたんです。すると、驚くべきことがわかったんですよ」

「どんなことが？」

唯我独尊なマインのことだ。良くも悪くもいろいろな伝説を残しているはずだ。恐る恐る聞くと、ロキシー様は興奮気味に言ってくるのだ。

「何と信じられないことに、彼女は年を取らないみたいなんですよ。信じられますか！　彼女を五十年前に見たというお爺さんがいて、つい最近にバビロンへ物資を搬入する中継都市で当時と変わらぬ姿を見たそうです」

おおおおっ。つい最近って俺と一緒にいたときじゃないかっ！

そしてロキシー様は興味津々に付け加える。

「その時、髑髏マスクをつけた青年と一緒にいたそうです」

「あああぁぁ、そんなに見るなよ。そうだよ、そのガリア人と一緒にいたのは俺さ」

普段ならこういった相手の内情に踏み入ることはない彼女。だけど、知りたいガリア人の少女の情報を持っているなら、聞きたくて仕方ないのだろう。

大空洞に落ちてしまって、王都軍からはぐれてしまったというのに、彼女の探究心には恐れ入る。目をキラキラさせられると、俺としては弱いのだ。

「あまり聞きすぎるのは良くないので、二つだけ教えてもらえますか？」

「内容によるけど、いいよ」

「では、一つ目。彼女は強いですか？」

「ああ、俺よりも間違いなく強い。強すぎると言ったほうがいいかな」

「なるほど。次に二つ目。彼女はどれくらい生きているんですか？」

俺はどうしようか迷った。だけど、アーロンと話していたマインが、すんなりと自分の生きてきた時間を言っていた。彼女には隠すような素振りなど一切なかったので、ロキシー様に教えてもいいだろう。既にロキシー様はマインが年を取らないことを調べているわけだし。

「四千年くらい生きているらしい」

「えっ⁉　そんなにですか。ということはガリアの生き字引ですね。今度、会えたときにはぜひお話ししたいです」

「そんなに愛想のいいやつじゃないぞ。斧を振るって魔物を飛ばすか、大好きなお金の勘定をしているか、お腹が空いたって人の飯を奪っていくか。このループだからな」

「領地で見たときの彼女は、儚げで可愛らしかったのですけど……」

儚げか……確かにマインにはそんな一面がある。あれほど、強いのにな。ロキシー様がマインを見たのは、ほんの僅かなのによく見てる。

「今は用事があってガリアのどこかにいるけど、それが終わって戻ってきたら、ロキシー様のことを話してみるよ」

「ありがとうございます。楽しみですね」

「まだ、本人がいいって言っていないのに気が早いな」

「いいじゃないですか。そうなったらいいなって思っている方が、楽しいですよ」

そうか……そうだよな。ロキシー様らしい考え方だ。すごい人だよ。

落下地点から大分歩いてきた。ここらへんなら、休んでもいいだろう。

俺は立ち止まって、ロキシー様に言う。

「なら、ここで休んでその足が治ったら脱出方法を探そうか」

「はい！　ここまで運んでもらいありがとうございます」

そう言って、地面に腰を下ろすロキシー様。聖騎士のステータスなら、多めに見て一時間もあれば治るだろう。

俺のバッキバキにヒビが入った肋骨は、自動回復スキルのおかげで既に治っている。

「ムクロさんは座らないんですか。私の代わりに落下のダメージのほとんどを受けたはずです」

「俺は自動回復スキルがあるから、そう簡単にはダメージが残らないんだ。見張りをしておくから、ゆっくりと休んでくれ」

「自動回復スキルですかっ!?　羨ましい……。かなりレアなスキルですよね。私は持っている人に初めて会いました。どうなのですか。寝ずにずっと動き回れるんですか？」

「まあ、肉体的なダメージは回復してくれるよ。だけど、精神的な疲労は回復できないから、睡眠は必要だな」

「魔物では、王都近くにいるゴブリン・キングがそのスキルを持っているんですよね。ゴブリン・キングは、そのスキルのおかげで夜の間ずっと止まることなく森の中を歩き続けるらしいんです」

ロキシー様は得意げに言いながら、痛めた左足首を擦（さす）っていた。

そのゴブリン・キングのスキルを奪って、俺の物にしたのだ。そんなことは言えるはずもなく、元から持っていたと嘘を吐くしかない。

「ムクロさんは王都に行ったことはありますか？」

俺はロキシー様を追って王都からガリアに来たのだから、正直に答えれば、あるだ。

この先の話でどう転ぶかわからないので避けておいたほうがいいのか、それともまた嘘を吐くのか。いろいろと考えた末、王都にいたことくらいは話してもいいだろうと思った。

「あるよ」

「そうなんですか！　でしたら、商業区にあるエンカウンターという酒場を知っていますか？　こぢんまりとしていますが、とても温かみのあるところなんですよ」

うっ……この酒場は俺がロキシー様を連れて行った場所だ。あの時は民の暮らしを知りたいと言うので、行きつけの酒場を紹介したのだ。

俺が静かに頷くと、ロキシー様は嬉しそうに話を続ける。

「本当ですか⁉　今まで通りを歩きながら、そういったお店を外から眺めることしかできなかったんです。なかなか私一人で入る勇気がなくて……でも、ある人が連れていってくれたんです。とても楽しい時間でした」

「あそこは魚料理が美味しいんだよな」

「うんうん、そうなんですよね。王都に戻れたら、また食べに行きたいな」

「なら、まずはここから脱出しないとな」

俺は落ちてきたところを見上げながら、髑髏マスクの下で嬉しくなってしまった。案内した酒場にまた行ってみたいとロキシー様の口から言われたら、妙に心がざわめいてしまう。

彼女はニッコリと笑って、立ち上がろうとする。

「そうですね。よしっ、足は大分良くなってきました。ほら、このとおりです」

「さすがは聖騎士様だ。回復が早いな」

「それはお互い様だと、思いますけどね」

痛めた足はもうほとんど治っているようだった。俺の前でぴょんぴょんと跳んでみせるロキシー様。

彼女は変わらない。俺が知っているロキシー・ハートだった。それに比べて、俺はどうなのだろうか。もうこの髑髏マスクなしでは、こうやって話すこともできないのだ。

王都で使用人をしていた頃に当たり前だったことが、改めて俺にとってどれだけ大事な日常だったのかを思い知らされてしまう。

だけど、それを捨ててここまで来たからこそ、ロキシー様の力になれたのは確かだと思う。

「一緒に落ちた機天使を探しましょう」

「おいおい、それよりも出口を」

「いいえ、あれを放置しておけません。倒して、この大渓谷の安全を確保しておかないと、今後のバビロンへの素材供給が解決しませんから」

「真面目な聖騎士様だ」

王都にいる聖騎士なら、ここまで頑張らないだろう。

ロキシー様は俺が師事したアーロン・バルバトスに似ているような気がした。ガリアに来るまでに出会った黄昏の聖騎士。大事な家族を失い、失意の中で地位も名誉も諦めてしまった。それでも、行き場を無くした民を見かねて、小さな村で守り続けていた。俺はそんなアーロンの姿を見て、自身がどんな状況に追い込まれても民のために戦える人だと思ったのだ。

　ここからの脱出を優先してしまった俺に対して、ロキシー様は機天使を倒すことを選んだ。この答えには、ただの武人と民を守る聖騎士との違いをまざまざと感じずにいられなかった。

　機天使を探し始めた彼女の背中に声を掛ける。

「わかったよ、俺も協力するよ。ここまで来て、あなた一人で行かせるわけにはいかないしな」

「助かります。さあ、行きましょう！」

　こんな状況なのに張り切って先に進んでいく姿が、王都にいた頃の彼女の姿に重なる。懐かしくて思わず、言葉が漏れてしまうほどだ。

「本当に……変わらないですね」

「何か、言いましたか？」

「いいえ、何も……。それよりも、俺たちが落ちてきた場所に戻ったほうがいいのでは？」

「確かにあの巨体で落ちてきたなら、私たちよりも大きなダメージを受けていそうですし。その周辺からはまだ動けていないかもしれないですね」

察しのいいロキシー様は俺が思ったことを、全て言ってくれる。何だか、ちょっと言えば伝わるのでとても楽だ。

俺はロキシー様の横に並んで、落ちてきた場所へ向かう。見上げると、暗闇にぽっかりと穴が空いていて、明るい光が差し込んでいた。つまり、あの光の下に行けばいいのだ。

最後の機天使を倒してしまったら、この時間も終わってしまうのか……。髑髏マスクの下で、横を歩くロキシー様を見ていると、彼女は前を向いたまま何気なく聞いてくる。

「ムクロさん、なぜガリアに来たんですか？」

「どうして、急に」

「あなたから、ガリアにいる武人とは違うような雰囲気を感じるんです。だから、ちょっとした興味本位です」

「俺も他の武人と似たようなものさ。沢山の魔物を狩れば、沢山のお金が手に入るからな。ここはそれにもってこいな場所さ……だから…………」

「ムクロさん？　どうしたんですか？」

こんな時に、暴食スキルか……油断をしていた。意識が遠のいてしまうような空腹感が襲ってきたのだ。

久しぶりだな、これほどの飢えは。

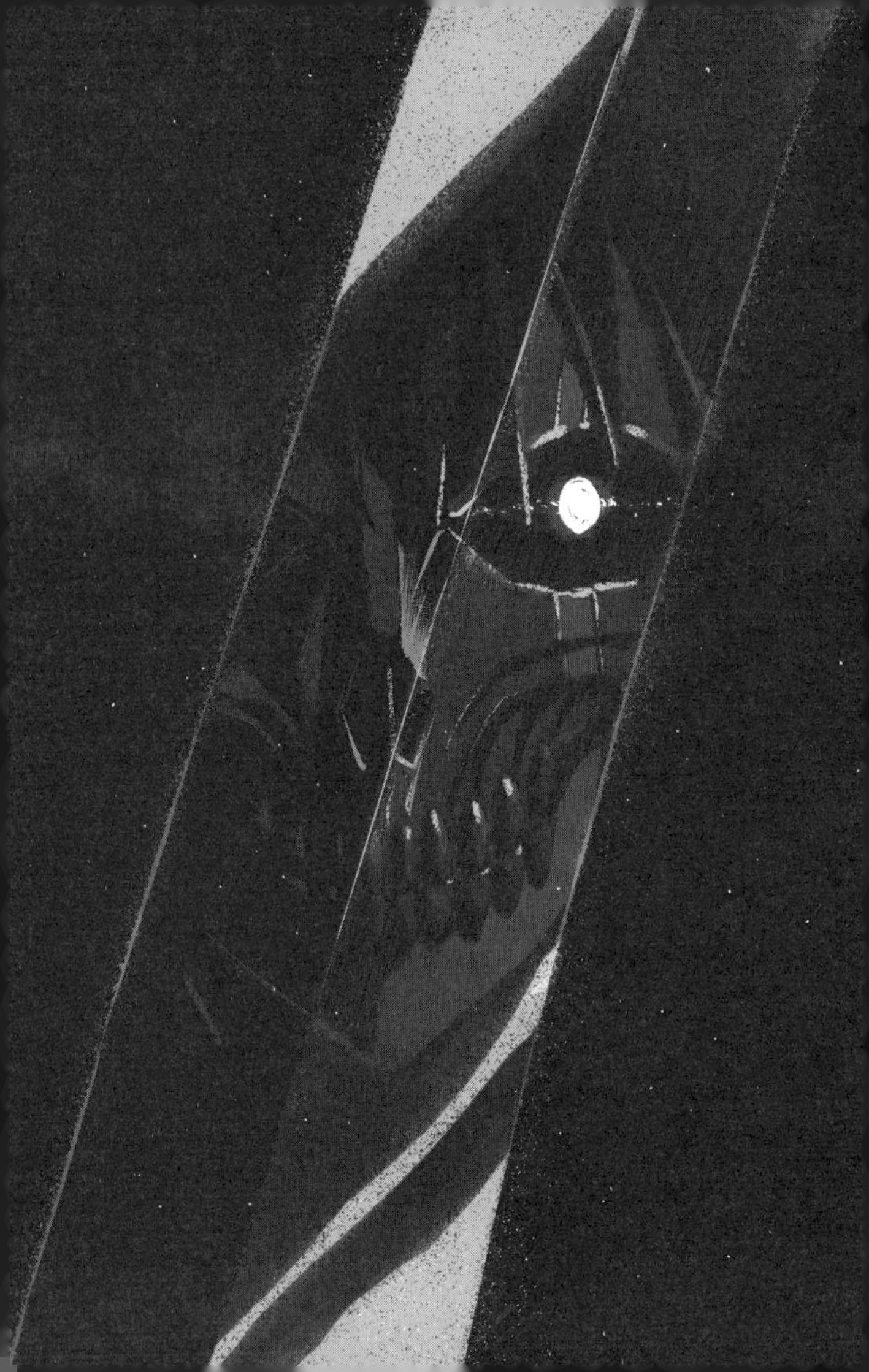

俺は黒剣を鞘から少しだけ抜いて、鏡のように映し自分の素顔を見てみる。髑髏マスクの下で、右目が赤く染まっていたのだ。クッソ、半飢餓状態まで一気にいっているのかよ。ロキシー様たちと一緒になってから、碌に魔物を狩ってこなかったのが、仇（あだ）になってしまったようだ。このところ、暴食スキルが嫌に大人しかったので、このくらい大丈夫だろうと高を括（くく）っていたのもある。

根拠なき余裕で、地上で倒した機天使2体のラストアタックも、ロキシー様に譲ってしまっていた。

そのつけが今になって回ってきてしまったわけだ。

ロキシー様が俺を気遣って、声をかけながら覗き込んでくる。

「急にどうしたんですか？　大丈夫ですか？」

久しぶりの暴食スキルの強い飢えに、抑え込むのに精一杯で右目を隠す余裕すらなかった。

「見るな……」

小さな声を絞り出す。たとえ、髑髏マスクをつけていたとしても、こんな忌避したくなるような瞳は彼女に見られたくなかったのだ。

だけど、それは遅すぎた。

第18話　魔結晶の群生

俺の目は間違いなく、ロキシー様に見られてしまった。彼女は少しだけ驚いて、それでも真剣な顔で声をかけてくる。

「あなたは一体……この目は……」

俺はそれに答えることなく、立ち上がる。腹を空かせた暴食スキルが教えてくれた。美味(うま)そうな魂を持った魔物が近づいていると。

黒剣を鞘から抜いて、ロキシー様に警告する。

「機天使がこっちに近づいてくるぞ!」

「えっ、私には気配はまだ感じられない――」

そう言いながらロキシー様は聖剣を引き抜いて構える。おそらく、地上で不意打ちされたことを思い出したのだろう。あれは他の魔物と違って、気配を感じさせなくする力を持っている。感覚が一段上へと引き上げられた俺にはわかってしまうのだ。

「ロキシー様はそこにいてくれ」

「私も戦います。あっ、待って！」

共闘をするという彼女を置いて、俺は走り出していた。暴食スキルの飢えが、もう限界だった。

機天使がどこにいるのか、魔力の流れで手に取るようにわかってしまう。

最短距離で近づいていく俺に、グリードが《読心》スキルを通して言ってくる。

『化け物じみた戦いまで見せたくなかったのか？』

「うるせっ」

突き刺さる言葉に、苛立ちが募っていく。それでも、戦わずにいられないのだ。

暗闇の中で、こちらに近づいてくる機天使が見えてきた。俺は大きく飛び上がって、黒剣を黒鎌へ変えた。

俺に気がついた機天使がお決まりの炎の壁を展開してくる。それを黒鎌で斬り裂いて掻き消していく。

着地と同時に機天使の前足の片方を斬り飛ばした。

悲鳴を上げる機天使を横目で見ながら、続けて残った前足を切断する。

そして、コアにとどめを刺そうとしたそのとき、機天使は丸太よりも遥かに太い両腕でコアを隠してみせた。

「無駄なことを」

俺は構うことなく、その両腕ごとコアとなっているハイオークを斬り伏せた。

しかし、思ったよりも攻撃が浅かったようで、ハイオークの首を斬り落とすまでいかなかった。もう一度、攻撃して沈黙させてやる。

黒鎌を振り上げたその瞬間、俺は固まってしまった。ハイオークの瞳が真っ赤に染まっていたのだ。

たぶん血が目に流れ込んでいるために、そう見えてしまったのかもしれない。それでも、もがきながらなりふり構わずに殺そうと睨んでくるハイオークが、まるで俺が恐れている姿に重なって見えた。

「やめろっ‼　そんな目で俺を……俺を見るなっ‼」

剛力スキルを発動させて、筋力を二倍に引き上げる。コアごと機天使を縦に斬り裂いた。あまりに力を込めてしまったので地面が大きく揺れるほどだった。

そして、動かなくなったそれに剛力スキルの効果時間が切れる数十秒の間、ずっと攻撃を加えていった。

どこをどう斬ったのか、なんてほとんど覚えていない。ロキシー様が俺を呼ぶ声で我に返ったときには、バラバラとなった機天使が俺の足元に転がっていたのだ。

こんなことは、初めてだった。ステータスの上昇を教えてくれる無機質な声すら聞き逃してしまうほど、一心不乱に戦ってしまっていた。機天使の魂を喰らったことで、暴食スキルの飢えは収まっていた。感情の昂ぶりも、静まってしまえば、後にはやるせない気持ちがこみ上げるのみだった。

ロキシー様がそんな俺を何も言わずに見つめていた。

俺はそんな彼女と目を合わせられず、大きな溜息を吐いてしまう。

その時である。天井が大きく崩れてきたのだ。大空洞に蓋をしていた土や岩や魔物の化石、草木まで降り注いでくる。

安全な場所へ退避して、収まるのを二人して待つ。無言のまま、何とも気まずい空気が流れていった。

天井の崩壊が収まった頃には、大空洞のすべてに光が差し込んでいた。俺たちはその姿に目を奪われる。

「これは……」

「綺麗！」

陽の光を浴びて、薄紫色に輝く魔水晶の群生が広がっていたからだ。

こんなところにあったのか。地上ばかり探していて、まさか地下にあるなんて思ってもみなかった。

それも、大空洞中に生える魔水晶はとんでもない数だ。

俺は、近くにある魔水晶を見て驚いた。

「魔水晶って、魔物からできるのか⁉」

大きな獣の姿をしており、しっぽだけが蛇の形をした見たこともない魔物の化石。その背中にびっしりと魔水晶が生えていたのだ。見るからに魔物を養分として、生まれてきたようだ。

ロキシー様は頷きながら、魔水晶を手でそっと触った。

「全く……探しているものがどうやってできるか、知らなかったんですか。聞いてくれれば、教えられたんですよ。私も実際に魔物から生えている魔水晶を見たのは初めてですけど」

この大空洞の群生する魔水晶のおかげで、俺の右目が赤く染まったことや機天使を細切れにしたことが、すべてとは言えないだろうけど、有耶無耶（うやむや）にできたようだ。

まあ、本当のところはロキシー様にしかわからない。けど今は魔水晶に夢中だった。それが、きっと彼女の優しさなのだろう。

「これだけあれば、百年以上は魔水晶に困ることはないですね。災いを転じて福となすです」

やりましたねと言って、笑いかけてくるロキシー様。俺は鞘の作成に必要な分だけいただいて、ズボンのポケットに入れる。

「俺の目的も、これで達成だな。そちらと同じだな」

「ええ、終わりました。残念ながら、素材採取に来ていた人たちは救えませんでしたけど」

「そうか……」

仕方ないなんて言葉は軽々しく言えない。

俺と別れ機天使が現れる前、ロキシー様たちは大渓谷にある王都軍の拠点に向かったという。そこは既に何かによって焼き払われており、焦げた死体で埋め尽くされていた。見るに見かねたロキシー様が遺体を弔うように指示を出すと、ノーザンがその役をかって出た。彼女は部隊の一部を残し、その惨状を起こしたものを追跡した。そして、待ち伏せしていた機天使3体に襲われたのだ。

サラマンダーの一件もそうだったが、今回の機天使も似たような意図的なものを感じる。

俺はもう一度、倒した機天使へ近づき、情報を得るために調べ始める。

「どうされたんですか？」

「いや、気になったことがあって」

後をついてくるロキシー様に曖昧な返事で答えてしまう。

コアであったハイオークの死体を念入りに見ていくと、やはりあった。この調子なら地上にあるオークの死体にもありそうだ。

サラマンダーと同じように、人為的に付けられたと思しき紋章が首筋の辺りにあったのだ。

狙われているのか？　ここまでくれば、そうとしか思えない。

色欲の大罪スキル保持者であるエリスが言っていた。何者かがヘイト現象を利用して、冠魔物のように人間でも同じ大きな力を持った者を生み出そうとしていると。王都に住まう民のヘイトは限界まで達しており、後ひと押しだという。民に慕われているロキシー様の死はその最後のピースなのだ。

大渓谷へ来るまでに襲ってきたサラマンダー。そして、この機天使たちはロキシー様の行先に配置してあったように思えた。それとも俺の考えすぎなのだろうか。

「ムクロさん、あそこを見てください」

いつの間にか、ロキシー様が俺から少し離れたところで手を振ってから、南方を指差した。

その先にあったのは地上への出口だった。大空洞の天井が崩れたことによって上から落ちてきた土や岩、石化した魔物、大木などが積み重なり、それが階段のように地上まで続いていたのだ。

「おおっ、いい感じに上がれそうだな」

「そうでしょ！　地上へ戻りましょう」

俺たちは、それらを足場にして崩さないように、そっと登っていく。

地上まであと少しのところで、ミリアとムガンの声が聞こえてきた。

返事をすると、こちらを覗き込む見知った顔が二つ。もちろん、ミリアとムガンだ。

ムガンは機天使の不意打ちからミリアを庇って気を失っていた。今は元気そうな顔をしているので、思ったよりも大きな怪我はしていないようだった。ロキシー様も心配していたのだろう。彼らの無事な姿を見て、安堵(あんど)していた。

「ロキシー様！　ロキシー様！」

「心配をかけましたね。ムクロさんのおかげで、敵はすべて倒すことができました。地上にいる機天使はどうですか？」

コアを倒すのみで済ませていたので、ロキシー様は動かなくなった後が気になっていたみたいだ。

　ムガンが指差しながら言う。

「あの辺りにあったんですが、ロキシー様たちを見つける少し前に、異変が起こって土塊となってしまいました」

「まあ、そんなことが……」

　ロキシー様としては調査をしたかったんだろう。この分なら、地下にある機天使も同じようになっていそうだ。

　それならと、東の断崖にコアがない機天使1体が埋まっていることをロキシー様たちに教えた。すると、ムガンが兵士を連れて、すぐに調査に向かっていった。

　ロキシー様は自分もムガンに付いていこうとしたが、部下たちによって止められてしまう。誰の目から見ても、彼女は疲弊していたからだ。

　機天使の強さを戦いからよく知っている彼女は、俺に聞いてくる。

「東の断崖にあった機天使も、危険なのでしょうか？」

「大丈夫だろう。岩から顔だけを出しているのみだ。コアとして取り込む部分は岩の中にあるから、今のところ動き出すことはないだろうさ。そんなに心配なら、俺も行って壊しておくけど」

「お願いできますか。あれが動くという可能性は潰しておきたいのです」

「わかった」

ムガンを追いかけて東の断崖へと向かった。そして、ムガンたちと合流すると、ロキシー様が機天使の破壊を望んでいることを伝えた。

「儂もそのほうが良いだろうと思っていたところだ。数時間ほど調査をしたい。その後に破壊を頼めるか？」

「ああ、好きなだけ調べてくれ」

「悪いな。王都軍でもないのに力を借りてしまって」

「ここまで来て、そういうのは無しにしよう」

「助かる」

サラマンダーや機天使の襲撃から、彼らを救ったことで、バビロンにいたときよりも王都軍から好感を持たれているようだ。

岩の中に埋まっている機天使の調査中も、他の兵士たちから話しかけられたりした。内容は、機天使との戦いの礼を言われたり、ロキシー様と仲良さそうに話していたのでどういう関係なのか追及されてしまった。

何気ない会話だった。だけど、何だか髑髏マスクを着けてからというもの、こういった不特定多数と会話するのは久しぶりで楽しかった。王都でハート家の使用人をしていた頃、以来だろう。

調査を指揮するムガンや兵士たちと、時折会話をしながら見守っていると、数時間などあっという間に過ぎていった。

「調査は終わりだ。この機天使とやらは、ガリアの技術で魔物を寄せ集めて作られた人工の魔物のようだな。王都に持ち帰り、軍事区の研究者に詳しく見てもらいたいところだったが……。岩に隠れているコアの部分がいつ崩れて顔を出すかわからない。さっきのようにオークをコアとして取り込んで動かれても困るしな」

「大したものだな。これだけの時間で機天使についてよく理解している。あんたは、こういったガリアの技術には詳しいのか？」

「ああ、恥ずかしながら儂の家系は代々、失われたガリアの技術を研究しているんだ。儂の死んだ父もそうだし、娘も研究者なんだ。儂はどうも椅子に座って仕事っていうのが合わなくてな。王都軍に入ったわけさ。それでも、こうやってガリアの技術に触れると血が騒ぎやがる……困ったものさ」

「血は争えないってやつか。娘さんは王都の軍事区で働いているのか？」

「おうよ。儂と違って出来のいい娘でな。まさか……娘を紹介しろと⁉」

「いやいや、そんな意味で聞いたんじゃない。単なる興味本位さ」

「ふ〜ん、そうか。珍しいなお前が他人に興味を示すなんて。ここに来るまで、儂たちと一定の距離を取ろうとしていたからな」

ムガンの言う通りだ。俺は正体を隠している都合上、あまり仲良くなりすぎるのを恐れていたのだ。

「まっ、いいさ。その髑髏マスクを取る気になったら、紹介してやってもいいぞ」

「それは難しいな」

「言うと思ったぜ、ハハハハハッ！　じゃあ、やってくれ」

俺は断崖に埋まっている機天使と向き合って、黒剣を鞘から抜いた。

グリードが《読心》スキルを通して言ってくる。

『これで、ひとまず終わりだな』

「いや、まださ。ロキシー様を狙っているやつの正体もわからない」

『手っ取り早くエリスを締め上げて、吐かせればいいだろう』

「彼女は俺に教えられることをすべて話してくれたんだ。その気持ちを無下にはできない」

『そうかい、ならお前のやり方でやるしかないな』

俺は握った黒剣に力を込める。そして、力の流れを感じながら、片手剣技アーツ《シャープエッジ》を発動させる。

シャープエッジは高速の二段斬りで攻撃力が高い。他の武人たちが好んでよく使っているアーツでもある。

日頃、俺がこのアーツをあまり使わないのには理由がある。使用後の硬直時間が長いからだ。基本的に単独で戦うスタイルを取っている俺としては、この硬直時間が命取りになってしまうのだ。

このアーツを使うのなら、魔物が1匹でかつラストアタックであることが好ましい。

今はこの条件に当てはまるので、使ってみるのもいいかと思った。それに剛力スキルを使用した反動で筋力が十分の一になってしまっているのも大きい。もとに戻るのに一日かかるので、足りない筋力をシャープエッジで補うことにしたのだ。

最初の一振りで、機天使の顔を斬り落とす。そして、斬り返しで岩盤ごと奥に埋まっている機天使の胴体を分断した。

黒剣を鞘に収めると、俺の前にあった断崖に大きく横線が走った。

無機質な声がステータスの上昇を教えてくれる。つまり、機天使の破壊に成功した知らせでもあった。

機天使に背を向けて、ムガンたちの元に戻ると、

「大したものだ。何ていう強さだ。まさか、ありふれたシャープエッジで壊してしまうとな。あの機天使の装甲は鋼鉄なんて、比にならないくらい頑丈だったぞ」

「大袈裟だな。俺なんて、まだまださ」

「これでまだまだというのか……お前は一体、何と戦っているんだよ！　ハハハハハッ」

冗談交じりに笑って言う。俺もそんな冗談に済ませたかったけど、まさか天竜と戦うためとは言えなかった。

今のままでは、天竜には届かない気がするのだ。そのためには、マインが言っていたEの領域に至らないといけないのだろう。その方法が全くわからない。

そんな俺の肩にムガンが手を置いた。

「何を焦っているかはわからんが、お前はよくやっていると思うぜ。年寄りの戯言（ざれごと）かもしれんが、生き急ぎ過ぎると碌なことにならんぞ」

「……そうだな」

俺の力のない返事にムガンは困った顔をして、いらないことを言ってすまなかったと謝ってきた。別にムガンの言葉が気に入らなかったわけではない。答えが見つからないまま、ただ焦っている俺へ向けた的確な言葉にうまく返事ができなかっただけだ。

マイン曰く、俺がEの領域に達するまでにあと十年かかるらしい。だがそんな時間はないのだ。

俺たちはロキシー様と合流するために、大渓谷の西側にある王都の拠点へと向かった。そこでは、まだ機天使によって殺された人たち――素材採取の任についていた兵士たちのお墓を作っていたのだ。

墓標の数からして数百人はいたのだろう。ロキシー様からは聞いていたけど、あの時はあまり実感が湧かなかった。こうして目の当たりにしてしまうと、これほどの人がここで死んでしまったのかと肌で感じてしまう。

ロキシー様はどこにいるのだろうか。

「いた……」

あれほど疲れていたのに、先頭に立って埋葬の指揮をしていたのだ。夕焼けの空の下、彼女はいつものように凛々しく、俺がよく知っているロキシー・ハートだった。

思わず……見惚れていると、後ろから声がかかる。

「やあ、ムクロ」

「ノーザン、お前はこんなところで、のんびりしていていいのか？」

他の者は、埋葬作業で泥だらけになっているというのに、ノーザンだけ綺麗な聖騎士の服を着ていた。

「僕はこんなことをするために、ここへ来たわけじゃないからね。それと、王都軍へ首を突っ込むのはやめてもらえるかな。正直に言って迷惑だよ。忠告はしたからね、次はないよ」

一方的に言って、ノーザンはその場から離れていく。ロキシー様に遺体の埋葬を頼まれていたはずなのに、直属の部下にすべてを任せているようだった。

今回のことの発端は、ノーザンがロキシー様に大渓谷で素材採取していた兵士たちが戻ってこないことを報告したのが始まりだった。それなのに、その本人が助けようとしていた兵士たちに全く興味を示さないのはおかしい。

俺はグリードに《読心》スキルを介して聞いてみる。

「どう思う。さっきのノーザンの態度を」

『きな臭いのは確かだな。それとノーザンという聖騎士はかなりの手練れだろう。王都軍と行動をともにするようになってから、ずっと見ていたが身のこなしからわかる』

「実力を隠してるってわけか？」

『そういうことだな。少なくとも、あれから感じる力は機天使くらい容易く倒せそうだ』

「ただの聖騎士ではないってことか。初めて会った時に感じた……やばさは本当だったのか」

聖騎士ノーザン・アレスタルか……得体の知れない彼の背中を見ていると、暴食スキルがなぜか疼いてしまう。あれは美味そうだから喰いたいとでも言っているかのようだった。

その後俺は、ロキシー様たちの埋葬作業を手伝うことにした。かなりの時間がかかってしまって気がつけば、夜が明けていたくらいだ。

闊歩していた機天使を倒して静まり返った大渓谷の朝焼けは、素晴らしいものだった。荒んだガリアの大地を歩いてきたのもあって、緑が溢れる世界がどれだけ大事なものかを理解させてくれる。朝霧をのせた草木の葉が陽の光に照らされて、キラキラと輝くのだ。ここにいると、本当にガリアなのか、わからなくなってしまうほどだ。

そんな大渓谷の姿を見るのもあと少しだ。埋葬作業が終わり次第、仮眠を少しだけ取ったら防衛都市バビロンへ引き返す。

俺は用意されたテントでやっと落ち着いて眠れた。一時的にでもロキシー様と一緒に行動をともにできたことに感謝する。あの楽しかった日々を思い出せたからだ。

「ありがとうございました、ロキシー様」

第19話　黒と白

ガリアの大渓谷から帰還してから一ヶ月が経とうとしていた。今のところ、天竜がガリアの国境線を越えてやって来ることはない。だが、近くまでやってくることが何度もあった。

その時は、身内の暴食スキルが目を覚まして、俺を突き動かそうとする。それを必死にこらえて、天竜がガリアの中心部へ戻っていくのを待ち続けたものだ。

未だ、俺は天竜と向き合えるだけの力を持てずにいる。これはきっとステータス強化だけではない、何かが足りないからだ。それは大渓谷でも感じたEの領域だと思う。

だが、それに至る方法が全くわからないまま、時は過ぎていった。

「お客さん、浮かない顔をしているね」

そう言って、俺が座っているカウンター席に近づいてきたのはエリスだった。艶やかな青い髪を揺らしながら、魅惑的な微笑みを向けてくる。

それに対して俺は呆れながら、身につけた髑髏マスクを指差しながら答えた。

「これがあるのに、俺の顔なんてわからないだろ」

「そうだろうか？　ボクにはわかるんだよ」

エリスは得意気な顔をして、俺の隣に座る。いいのかよ、仕事中だろ？　そんな俺の思考を汲み取るように、彼女は言う。

「マスターはボクに激甘だからね。沢山サボっても何も言わないよ」

「そんなことをしていると、この店は大変なことになるぞ」

俺は周りを見回しながら、今のとんでもない状況を教えてやる。

エリスの色欲スキルに魅了された人たちで、店内は今日も大繁盛だ。後ろでは、あまりの忙しさにすっかりとやつれてしまったマスターが、ヒィーヒィー言いながら動き回っている。

「雇用主が死にそうだけど」

「あははっ。だって、ボクにあんなことはさせられないって彼が言うんだもの……」

うるうるさせた瞳で見てくる彼女から目を背ける。危ない……俺も魅了されてしまうところだった。エリスは何かと俺の隙を狙って、仕掛けてくるのだ。

「ちぇっ、惜しかったな。ちゃんとボクの目を見てよ」

「嫌だよ。魅了されるだろ」

「ちょっとくらいいいじゃないかな、かな？」

「駄目に決まっているだろ！　何がちょっとくらいだ」

少しでも魅了されたら、終わりだ。それほど色欲スキルは強力なのだ。まあ、この魅了が本人の意図しない色欲スキルの弊害というのだから、輪をかけてたちが悪い。

エリスとは前回、この酒場で色々とあったけど、俺は彼女と対立することを結局選ばなかった。それは、ロキシー様に危機が迫っているということをわざわざ俺に教えてくれたからであり、この件について傍観者でいるとも言われたからだ。

すべてを信じていたわけでもない。だからこそ、こうやって酒場に足を運んではエリスの様子をうかがっているのだ。

疑いの目を向けていると、エリスはニヤニヤしながら、

「それにしても、フェイトがボクの店に足繁く通ってくれるなんてね。困っちゃうな……ボク」

「勘違いするなって。お前に会いたくてきているわけじゃない」

そう言いながら、接近してくるエリスを押しのける。だがしかし、彼女は不敵に笑い、

「あっ、もしかしてあれかな、ツンデレってやつかな」

「……はぁ⁉　何を言っているんだよ。お前にデレるわけがないし！」

「あああぁぁ、酷いよ」

エリスは演技臭い感じでショックを受けたようにカウンターに崩れ落ちる。

そして、腕の中に顔を埋めながら、ちらりと俺を見て小声で言う。

「魅了されればいいのに……デレデレになれるのに」

「怖いこと言うなよ」

俺がドン引きしていると、有言実行とばかりにエリスが飛びついてきた。嘘だろ……俺が魅了の力に抵抗しながら彼女を引き剥がしていると、後ろから咳払いが聞こえてきた。振り向いたら……そこにいたのは防衛都市バビロンの統治者——ロキシー・ハートだった。

相変わらず凛とした顔をして、白い軽甲冑がよく似合っている。そんな彼女が、次第に顔を引きつらせながら、

「お楽しみのところすみませんが、いいですか？　ムクロさん」

「ああ、その前に……」

横でブーブーと言っているエリスを完全に引き剥がして、横の席に座らせてやる。彼女は横槍を入れられたことが気に入らなかったようで、俺のワインを取って勝手に飲みだし

てしまう。……エリスといい、マインといい、なぜ彼女たちは俺の物を断りもなく、さも当然のように奪っていくんだ。

まあいいさ。今はそんな場合ではない。はて、ロキシー様はなぜ俺に用があるのだろうか？

俺はロキシー様に顔を向けて、

「それで、俺に何か？」

「ええ、沢山ありますよ。心当たりはありますか？」

「いや、まったく」

心当たり？　やはり考え直しても何もない。だけど、ロキシー様の表情から察するに、そうではなさそうである。

髑髏マスクを擦りながら首をひねっていると、ロキシー様は溜息をつきながら後ろに控えていた兵士から一枚の書状を受け取って読み上げ始める。

「武人たちとの暴力事件五十六件、器物破損二十件です。しかも、これがたったの一ヶ月の間の行為です。信じられません」

あぁぁぁぁ、そのことか……。もう日常の一コマになっているから、頭に浮かんでも来なかった。今日も酒場に来るまでに武人たちと軽い運動をしたところだしな。

「あれは仕方ないんだ。あいつらは俺のことを好き過ぎて、毎日のように襲ってくるからさ。口で言って聞くような相手ではないって、あなたもわかるだろ？」

「確かに、そういった武人はバビロンには特に多いです」

「うんうん、そうだろ！　砂糖に群がる蟻のように襲ってくるからな」

「ですがっ、前も言ったように何でも暴力で解決するのは擁護できません」

もしかして、以前言っていた牢屋行きか？　そこで少し反省しろと……。酒場でのんびり酒を飲んでいたら、まさかの強制連行か？

髑髏マスクの下でヒヤヒヤしていると、ロキシー様は首を振りながら言う。

「あなたはどうしてそうやって、他の武人たちに狙われるかわかりますか？」

「俺を好き過ぎるから？」

「違います！　あなたがどこのパーティーにも属していないからです。人というものは、個人には攻撃できても、集団となれば手出しができなくなる心理が働くものです。ですから、そうやって一人でいるよりも、どこかに身を置くべきです」

「そうすれば、要らぬ争いは無くなると？」

ロキシー様が言っていることはよくわかる。俺を襲ってくる武人たちは、少なくとも五人以上だった。一対一でタイマン勝負をしてくる奴なんて一人もいなかった。

つまり、そういう奴らを牽制するなら、自分も個ではなく集団に属したほうが賢明というわけだ。

ロキシー様は頷きながら話を続ける。

「ですから、私から提案があります」

彼女は後ろの兵士からさらに書状を受け取って、俺に渡してくる。

その丸まった紙を広げて読んでみると、思わぬことが書いてあった。

「これは……」

「ええ、どうですか。あなたほどの実力者なら、王都軍で傭兵として雇うことができます。そうなれば、あの血の気の多い武人たちもあなたに手出しはできなくなるでしょう」

「へぇ～、俺のことを買ってくれているんだ」

そう言うと、ロキシー様は咳払いをしながら困った顔をする。

「あなたはこれまでに小規模スタンピードをたった一人で数回鎮めています。それは、引き換え施設の職員から報告を受けています。それにガリアの大渓谷のこともあります。実力者であることは間違いないでしょう。戦力の増強は王都軍としても今の優先事項です。そして、あなたのような人は、首輪をつけておくのが一番だと、私は考えます」

少々バビロンで暴れすぎてしまったようだ。大渓谷でのときは良好な関係だったのに、ロキシー様から危険人物認定を貰ってしまった。プンプンと怒っているところを見るに、ご立腹みたいだ。俺は髑髏マスクの下で苦笑いしながら、

「俺は犬じゃないぞ」

「そうですね……すみません。言葉が過ぎました。私から見たら……あなたは生き急いでいるように見えてしかたありませんから」

ロキシー様は俺のためを思って言ってくれている。しかし、彼女の庇護下に入ることはもうない。それは王都にあるハート家の屋敷を飛び出したときに決めたことだ。

それに、聖騎士ノーザンの件もある。俺がもし王都軍へ合流したと知ったら、あいつは何らかのアクションを仕掛けてくるだろう。次はないよと忠告をされたくらいだし。

やはり、身動きの取りやすいのが一番だ。

「気遣いはありがたいけど、俺はどこにも属する気はない」

俺の返事に、ロキシー様は何か言ってくると思ったけど、すんなりと了承した。

「わかりました。何となく、そういうのではないかと予想はしていました。では、少しだけ私に付き合ってもらえますか？」

そう言いながら、ロキシー様は酒場の外を指差した。外へ出ろってことか。

これは……どういう意味を指すなんて口に出さなくてもわかる。ロキシー様の周りの空

気が一変したからだ。

「断ると言ったら？」

「軍事区にある独房で今までの所業を反省してもらいます。それが嫌なら手合わせしてもらっていいですか？　私は少々、武人ムクロの強さに興味があるんです」

ロキシー様は先に酒場から出ていってしまう。やれやれ、できれば避けて通りたいけど、そうはいきそうにない。

なぜにロキシー様と剣を交えなければいけないんだ。そんな俺に、エリスが手を振りながら応援してくる。

「面白いことになったね。ボクは応援しかできないけど頑張ってね」

「呑気なものだな」

「だって、ボクは傍観者だからね」

そうだった。だから、ロキシー様との会話に助け舟一つ出さなかったのだ。ニヤニヤ笑っているだけって……いい性格しているぜ。

そして、俺はもう一つのいい性格している黒剣に手を置いた。

『面白いことになったな、フェイト！』

「お前も同じことを言うのかよっ！」

『ハハッハハハッハッ、俺様とて傍観者みたいなものだ。武器なんだからな。さあ、早く行かないと、ロキシーの機嫌を損ねて独房に入れられるぞ』

冗談じゃない！　俺はロキシー様を追って酒場を出ていく。手合わせというなら、そう無茶なものにはならないだろうさ。気が乗らないけど、やるしかないか。

第20話　黒剣と聖剣

酒場から出たら、ロキシー様は少し離れた人集りの中央でポツンと佇んでいる。

兵士たちがこの手合わせを邪魔しないように、通行人や野次馬を誘導している。手の込んだことだ。

この手際の良さだと初めからこれが狙いだったとしか思えない。そこまでして戦いたいとは……。ロキシー様の意外な一面を見て、俺にとってはびっくりだった。

かなりの人の前で戦うのか……。そういえば、こんなのは初めてだな。元々、ひと目を盗んで戦ってきたのだ。さらに相手がロキシー様ともなれば、今までに俺にちょっかいをかけてきた武人たちとはわけが違う。

手加減なんて許されないだろう。

しかしながら、もう逃げ去ることはできそうにない。

改めて意を決した俺は深呼吸を一つ。

そして、髑髏マスクが戦いで外れないようにしっかりと被り直して、足に力を入れてジャンプする。群衆を飛び越えて、ポッカリと空いたロキシー様がいる場所へ着地をする。

ロキシー様と向き合いながら言う。

「大掛かりだな」

「そうですか？　ただここまでしないと、あなたは手合わせしてくれないように思えましたので」

「……なるほど」

よくおわかりで……。だがしかし、このバビロンを統治する立場にあるものとして如何(いかが)なものか。

「これほどの人集りの中でもし負けたりでもしたら、どうするおつもりで？」

「心配は無用です。私はその程度のことは気にしません。それに負けるつもりもありません」

真っ直ぐな瞳を俺に向けてくるロキシー様は、鞘から聖剣を引き抜く。

そんな風に見つめられたら、後ろめたい気持ちが湧き上がってきてしまう。俺はそれを振り払うように、腰に下げていた黒剣グリードを鞘から抜くことなく手に取った。

それを見たロキシー様が眉をひそめながら言う。

「鞘付きで私と剣を交えるつもりですか？　悪い冗談ですね」

「いや、本気さ。このままで戦わせてもらう。俺の剣は少しばかり斬れ過ぎるんだ」

俺は鞘付きの黒剣を構える。この鞘は専属契約をしたジェイド・ストラトスが作ってくれたものだ。苦労してガリアの大渓谷から採取した魔結晶を用いている。黒ベースで中央に金色のラインが入っているのが良いアクセントになっていて、お気に入りの鞘だ。

俺が依頼したのは黒色に金色を少し加えるデザインだった。しかし、ジェイドのちょっとした遊び心によってある機能が追加された。その内容を聞いた時、俺とグリードは彼の才能に感心したものだ。

俺に続き、聖剣を構えたロキシー様は困惑しながら、

「鞘が壊れても知りませんよ」

普通はそう思うだろう。だけど、こういった使い方を想定した鞘だ。たとえ聖剣とぶつかっても、耐える強度は持ち合わせている。

「さあ、始めようか」

「いいでしょう。私は手を抜くつもりはありません。では」

「ああ……」

互いの距離を詰めるように駆ける。はたして、大渓谷から一ヶ月経ったロキシー様の実

力はいかに。ステータス・保持スキルは鑑定スキルを使えば、わかってしまう。だけど、そんな野暮なことはしたくない。

彼女がこれほど真剣に手合わせしようとしているのに、できるはずがない。剣には剣のみで、ロキシー様に応えたい。

グリードがそれを鼻で笑いながら、《読心》スキルを通して言ってくる。

『騎士でもないお前が、騎士道精神か？　笑える』

「うるせっ」

俺はグリードを無視して、間近に迫るロキシー様と剣を交える。

金属音が甲高く鳴り響く。そして、俺の足が地面に食い込む。

予想以上に重い！　しかもロキシー様の剣撃は続いており、さらに重みを増して、とうとう俺を中心に石畳がクレーター状に陥没した。

「くっ……やり過ぎだ」

「言ったはずです。手を抜くつもりはないと」

たまらず、俺は黒剣で聖剣を押しのける。ロキシー様は宙を舞いながら、俺から距離をとって着地する。一撃に込められた力は、かなりのものだった。これはスキルから得られる類のものではない。

日々の鍛錬による技術だ。自身のステータスを限界まで発揮できるように弛まぬ努力をしているのだろう。この一ヶ月ほどでさらに腕を上げていることは、先程の一撃で明白だった。

さて、今の俺はロキシー様よりもステータスだけ見れば上回っていると思う。しかし、そのすべてをコントロールするとなれば、話は違ってくる。

普通なら、魔物を倒して己を磨きつつ経験値(スフィア)を得ながら、レベルアップしてステータスを強化していく。故に、ほとんどの武人が自身のステータスを全くコントロールできないという状況に陥ることはない。最低限はコントロールができて、それ以上を……上限ギリギリを引き出すために鍛錬しているのだ。

俺の場合は全く違う。魔物を倒せば倒すほど、魔物のステータスがそのまま俺のものになってしまうのだ。急激なステータスの成長に対して、それを扱う経験と技量が圧倒的に不足しているのだ。

それをコントロールできるようになる抜け道はあるが、如何せん……扱いにくい。自ら暴食スキルを半飢餓状態にできれば、身体能力が飛躍的に向上して今のステータスを完全にコントロールできる。

だけど代償として、暴走する危険性も孕んでいるし……相手を必ず殺さないといけない制約まである。だから、こういった強者との殺し合いではない戦い――腕試しは苦手なのだと痛感させられてしまう。

　相手がロキシー様となれば、尚更だ。

　呑気に思考を巡らせていると、痺れを切らしたロキシー様が攻撃を仕掛けてきた。

「戦いの最中だというのに、何をしているのですか」

「考え事を少々」

「呆れますね。でしたら、こうすれば少しはやる気になってもらえますか？」

「なっ⁉」

　それは反則……いや、そういうわけではないけど、やめてほしい。

　ロキシー様は俺の髑髏マスクを集中的に攻撃してきたのだ。

「その化けの皮を剥がしてあげます」

「ちょっ⁉」

　しかも、先程よりもロキシー様のスピードが一段と速い。油断していたわけではないけど、一瞬で後ろを取られてしまう。振り返って応戦していたら、髑髏マスクが真っ二つだ。

　上体を反らして、ロキシー様の剣を躱してバク転、バク宙で何とか距離を取る。

　ふぅ～……。一息つくのも束の間。パキッという嫌な音が耳元に届く。

髑髏マスクにヒビが入ってしまったのだ。

慌てて、《鑑定》スキルを発動して状態を調べる。

髑髏マスク：耐久10／20　装備した対象の認識を阻害して、他者からは別人に見える。

うあああああぁぁぁぁあああぁぁぁぁ。耐久が半分になってるっ！

ちょっと剣が掠ったただけなのに⁉

年代物の骨董品だけあって、もしかしてこの髑髏マスクは壊れやすいのかな。いや、ロキシー様の剣撃はそれほど鋭いのだ。次に掠りでもしたら、破壊されてしまう。

そう思ったら、一気に背中に嫌な汗が流れ始めた。

「どうしたのですか。動きが途端に鈍くなりましたね。それほど、素顔を晒すのが嫌なのですか？」

「そっそそ、そんなことは……ない」

「酷く動揺していますよ。なぜでしょう……不思議ですね？　いよいよ、あなたの本当の顔を見てみたくなりました」

いたずらっ子のような顔を見せて、ニッコリと笑うロキシー様。俺は知っている……この顔をした時は、本気だ。

内心で慌てつつ、俺は髑髏マスクを庇いながら、ロキシー様に言う。

「まっ、待った。今は手合わせでしょう……」

「そうですね。なら、あなたもそろそろ本気で来てください。で、ないとそのマスクはここに置いていってもらいます」

まあ、そうだよな。俺は少しばかり浮かれていたのかもしれない。

こうやってロキシー様とまた一緒にいられる時間を懐かしんでいた節は捨てきれない。だから、そういった油断が髑髏マスクにヒビを入れてしまうという、甘さを生んでしまったのだ。

果たして、俺はマインやアーロンのようにすべての戦いにおいて甘さを捨てきれるだろうか。

……さあな。やっぱり、俺はどう転んでも俺だから、俺らしく彼女に向き合おう。

「そうお望みならば、しかたない」

俺は鞘付きの黒剣に、魔力を込める。黒き鞘は、聖なる光を放ち始める。

それを見たロキシー様は驚きながら言う。

「あなた……その力は⁉」

「ええ、ご察しの通りの聖剣技スキル……」

そして、このスキルのアーツ《グランドクロス》を発動させずに留めておくという、アーロン直伝の技術。

新たにジェイド・ストラトスに作ってもらった鞘は、今まで宝の持ち腐れとなっていた聖剣技を扱うことができる機能を持った、特殊拡張武器だったのだ。

まさか……このような多くの人々の前でお披露目するとは思ってもみなかったけど。でも、いい機会だ。

聖剣技スキルが扱えるとロキシー様が知れば、まかり間違っても俺のことをフェイト・グラファイトだとは思わないだろう。彼女にとってのフェイト・グラファイトは持たざる者——守られるべき存在だからだ。

「アーツをそこまで扱える技術。あなたは名のある聖騎士……いいえ、元聖騎士だったのですか？」

「いや、俺は聖騎士なんかじゃない。あの時からいつだって、ただの武人さ」

一段と魔力を込めて、輝きを増す黒剣グリードを手に、今度は俺からロキシー様へ仕掛ける。この手合わせには、陳腐な掛け引きなど必要ない。単純明快、ひたすらに己の信ずる力を示すのだ。

第21話　思い出のペンダント

俺はこの一撃で、ロキシー様の聖剣を砕いてもいいくらいの力を込める。

これ以上長引かせて、戦いの中でいらぬボロが出るのを恐れたのだ。彼女には悪いが、戦えない状態になってもらう。だがしかし、そんな俺の思惑を裏切るように、この一撃を彼女の聖剣は受け止めてみせたのだ。

互いの武器が交わり合うあまりの衝撃で、物見をしていた群衆たちが静まり返る。あれほど野次を飛ばしていた俺を愛してやまない武人たち、クソ野郎どもまで大人しくなっているではないか。そう、俺が放ったのはそれほど重い一撃だったのだ。

ロキシー様が俺の剣撃を受け止められたのは、見た目から容易にわかってしまう。俺と同じようにして聖剣技スキルのアーツ《グランドクロス》を聖剣に留めていたからだ。

彼女もまた王都からバビロンへ至るまでに何らかの経験を経て、成長を果たしているようだった。

強がるようにニッコリと笑うロキシー様。

「残念でしたね」

「チッ、だけど……」

仕掛けたのは俺だ。まだ終われない。

今度はこちらから押し切らせてもらう。単なる力と力のぶつかり合いなら、筋力が上の俺の方に分がある。

拮抗（きっこう）していた黒剣と聖剣が次第に崩れ始める。思ったよりも強い力に、ロキシー様の顔から一筋の汗が流れ落ちた。そして、俺は彼女を聖剣ごと後方に押し飛ばした。

「キャッ……」

俺の知っているロキシー様らしくない思いのほか可愛らしい声に、罪悪感が押し寄せてしまう。戦いを見守る群衆たちからも、大ブーイングだ。

完全に俺が悪者である。まあ、髑髏マスクを着けた見た目からも良い印象はないだろう。

さっさと決めてやる。俺は後方の建物へと飛んでいくロキシー様に、地面を強く蹴って接近していく。

彼女の体勢が崩れている今、手に持っている聖剣を弾き飛ばして、戦えないようにして終わりにする。

その時、彼女の胸元から青い宝石のペンダントが顔を出した。

これはっ⁉　…………途端に俺はそれ以上動けなくなってしまった。

ちゃんと持ち続けてくれていたんだ……。

この青い宝石は俺が使用人だった頃、ロキシー様と一緒に王都の街を極秘視察した折に成り行きでプレゼントしてしまったものだ。

王都の屋敷から旅立つ彼女がペンダントに加工して、ずっと大事にすると言ってくれたことを今でも鮮明に覚えている。そして、この時でも彼女は……。

意識が戦いに集中できていない俺を、グリードが《読心》スキルを通して、一喝してくるが時は既に遅し。

空中で体勢を立て直したロキシー様が、逆に俺が持つ黒剣を天高く弾き飛ばしたのだ。

「あっ⁉」

思いのほか間抜けな声を出してしまった。グリードは手から離れる寸前に『大バカヤロオォォッ』と叫んでいた。確かに手合わせといえど、戦いの最中に余所見(よそみ)をするなんて……。

いつの間にか群衆の中に加わって、俺とロキシー様の手合わせを見守っていたエリスも腹を抱えて笑っていた。これは今度酒場に行ったら、この時の失態を身振り手振りで再現されそうだ。

それに空中浮遊から帰ってきて、石畳の道に突き刺さったグリードからも小姑のようにお説教をされるだろう。すぐに拾うのを躊躇（ちゅうちょ）してしまう……。

天を仰ぐ俺に、ロキシー様が持つ聖剣の剣先が向けられる。勝敗は決した。

俺は手を上げて、降参のポーズを取る。

それなのに不服そうな様子でロキシー様は聖剣を納めた。そして服の外に飛び出してしまった青いペンダントを大事そうにしまう。

溜息を一つついて、未だ手を上げている俺に詰め寄ってくる。

「なぜあの時、手を緩めたのですか？」

「何のことだか……俺には……」

「そうですか。勝てたのはいいですが、釈然としない戦いでした。仕切り直しで、もう一戦してみますか？」

「……勘弁してくれ」

やっぱり彼女とは戦えない。たとえ手合わせでもだ。それが今回身にしみてよくわかった。

「もう十分だろ。俺はこれで失礼する」

「あっ、ちょっと待ちなさい」

ロキシー様への称賛、俺へのブーイングが盛り上がる中、地面に突き刺さった黒剣グリードを回収する。すぐにグリードが《読心》スキルを介して、

『ショボッ』

「うっ、うるせっ」

予想通りのお小言である。聞き流して、ここから退散しよう。

ロキシー様との手合わせは果たした。これで牢屋に入れられることはなくなったのだ。

敗者は早々に消えるに限る。残っていても観戦者たちに罵（ののし）られるだけだ。

しかし、ロキシー様にまたしても呼び止められてしまう。しかも、俺の行く先を塞（ふさ）ぐようにだ。

「あなたに一つだけ聞きたいことがあります」

「まだ何か？」

「どこでその剣術を習ったのですか？　大渓谷のときも思ったのですが、あなたのそれはアーロン・バルバトス様によく似ています。足捌き、剣筋がまさに」

どうしたんだろうか。いつにもまして、彼女は真剣な顔をしている。

そんな俺を置いて、ロキシー様は続ける。

「私はバビロンへ来る途中、荒廃したハウゼンを立て直そうとしているアーロン・バルバトス様にお会いしました。あの方は隠居されて、聖騎士であることをやめられていました。ですが、ある男との出会いで再度剣を持つことを選ばれたそうです」

ロキシー様はそう言って、俺を見つめてくる。

それにしても、彼女もアーロンと出会っていたのか。しかも、俺とアーロンが死人の跋扈するハウゼンを解放した後だという。もし、あのままアーロンのもとで長居をしていたら、ロキシー様と出会っていたことになる。

まあ、目指す方角は一緒だったのだ。ロキシー様がアーロンに出会うのも不思議なことではない。

思いを巡らす俺の手を取ろうとする彼女。だけど、俺はそれを拒否した。だって、今の状況ではコントロールがうまくいかずに触れてしまえば《読心》スキルが発動してしまいそうだったからだ。

「アーロン様はその男の名を教えてくれることはありませんでした。ですが、彼はガリアに向かって旅立ったと教えてくれました。そして、こうも言われました。その者は、身に余る力を持ち苦しんでいるとも。もしあなたが、その人なら……私に」

「さあな。たとえ俺がそうだとして、それは当人の問題だ。あなたが気にするべきことじやないさ。このガリアではまず自分の身を守ることを考えるべきだ」

ロキシー様はいつだって、優しすぎるんだ。自分の身に危険が迫っているというのに……。

だけど、俺は王都でその優しさに救われた。彼女に出会わなかったら、今頃暴食スキルにあっという間に飲み込まれて自我を失い、人を誰かれ構わず襲う化物になってしまっていただろう。

「…………変わらないですね。あなたはいつだって真っ直ぐだ……」

思わず呟いてしまった声は、バビロンの都市すべてに鳴り響くサイレンによって、かき消された。

何だ……これは。途端に俺たちを囲んでいた群衆が騒ぎ立てる。

このサイレンはバビロンに来て、初めて聞くものだった。だが、周りの人たちは俺と違うようにこの状況が何なのか、当たり前のように察しているらしい。

そして、ロキシー様もまた同じだった。彼女から伝わってくるのはピリピリとした重い空気だ。

この感じはそうか……俺はバビロンの街から、南の方角を見つめる。ガリア大陸から黒い空が迫ってきていた。

張り詰めだしたこの場に、数人の武人たちを連れて、男の聖騎士が群衆を無理やりどかしながらやってきた。サラサラの金髪をなびかせながら現れたのは、ノーザン・アレスタルだった。

第22話　デスマーチ

ノーザンは俺を一瞥（いちべつ）すると、少しだけ驚いた顔をしてロキシー様の元へ歩いていく。

「ロキシー様、ガリアより大規模なスタンピードが発生して、国境線を越えようと迫っております」

部下であるノーザンの報告に、さっきまでの戦いが嘘のようにロキシー様は落ち着きはらった顔で、

「デスマーチですか……数は？」

「およそ1万5000ほどかと。デスマーチの中でも少ない数です」

「……わかりました。国境線までの到達予想時間は？」

「このままのスピードで進軍してくれれば、4時間後です」

「それより前に、ガリア内で迎え撃ちます。準備の進み具合は……」

ロキシー様は俺に一礼すると、ノーザンと話しながら、その場を足早に立ち去っていく。

彼女がこれから軍を率いてデスマーチを止めるために動く。それが、ロキシー様がバビロンへ来た役目だからだ。

傭兵として軍に参加することを拒否している俺は、そこに加われない。

といっても気になってしまう。横目でロキシー様たちを見ていると、ノーザンと目が合ってしまう。

「チッ、あの野郎……」

その時、ノーザンは俺に向けてニヤリと笑ってみせたのだ。

それが何を意味するかはわからない。忠告通り大人しくしておくんだ……なのか、意外に臆病者だね……なのか、ただの君にはそこがお似合いさ……かもしれないし、全く違うかもしれない。

とにかく不敵で嫌な笑みだった。

ロキシー様とノーザン、兵士たちが立ち去り、俺一人だけ残されてしまう。手合わせを見守っていた群衆も、未だ鳴り響くサイレンによって潮が引くようにいなくなっていた。

そんな中、黒剣グリードが《読心》スキルを通して言ってくる。

『フェイト、お前はどうする気だ？』

「決まっているだろ。それに腹が空いてきたところさ」

『行くのか……』

答えるまでもなく歩き出していると、エリスがただ一人でポツンと佇んでいた。

何かを訴えかけるような瞳だけを俺に向けている。いつもは一方的に絡んでくる彼女だが、あんな表情をしたときだけは、不思議と内気な一面を見せるのだ。

急いでいるんだけどな……。

「どうしたんだよ……柄にもなくそんな顔してさ」

近づくとエリスは背を向けて、俺から少しだけ距離をとる。

そして、小さな声で忠告してくる。

「行かない方がいい」

「エリスにそう言われたら、是が非でも行かないとな。……心配してくれて、ありがとうな」

「…………聞き分けが悪いんだから」

彼女は俺に顔を向けることなく、酒場の中に入ってしまう。エリスは中立であると言っていた。だからこそ、俺に危険を教えてくれても、そこに何が待ち構えているかまでは言えないようだ。

それでも、俺にとってはこれ以上ない情報だ。彼女を信じて、ありがたく心に留めておこう。

あのデスマーチは、ただのデスマーチではない。

さあ、今度こそ行こう。歩きながら、黒剣グリードに問いかける。

「聞いてもいいか？」

『何だ？　このような時に』

「グリードは大罪スキル保持者、大罪武器の気配を察知できるんだよな」

『ああ、できると言ってもバビロン内くらいだがな。どうした、急に。今までそんなことを聞かなかったお前が』

そうさ。今まであえて聞いてこなかった。

出会ったことのない大罪スキル保持者が他にもいて、俺に敵対してくる可能性を考えないようにしてきたからだ。

それはマインのような規格外の強さを持った猛者との対決に、今の自分ではまだ足りないという自信の無さがあったからだ。でも、もうそんな悠長なことを言ってられない。

ロキシー様の死を引き金として、抑圧された民の憎悪(ヘイト)を昇華させ、冠魔物と同じように強力なスキルを持つ新たな人間を生み出す。これを推進している者が、エリスの言葉を信じるなら他にもいるのだ。それはおそらく大罪スキル保持者か、それに類する何かだ。

そいつは、バビロンにいる。

俺の確信に等しい予感に対して、グリードは言ってのける。

『このバビロンで感じるのは、お前とエリスだけだ。他には何もない』

「えっ、本当に⁉」

『そうだ。だが、気配を断っている可能性はある。お前のように半人前でなければ、そのくらいはやってのけるだろう。あのエリスとて、それは同じだ。あれはあえて、お前に自分の存在を教えるためにやっているのさ』

そう甘くはないようだ。それでも時間は、刻々と迫ってきている。これ以上、見えないことを思案してもきりがないか。

左手の拳を握りしめる俺に、グリードは《読心》スキルを通して言ってくる。

『まあ、少しだけだが安堵したぞ』

「何だよ、急に」

『フェイトは、あの女のことになると周りが見えなくなる危うさがあったからな。ほんのりと成長したか』

「いつまでも子供扱いするなよ。俺だって、見るべきは天竜だけじゃないってことくらい……わかっているさ」

もしかしたら、天竜よりも厄介かもしれないしな。そんな俺をグリードは笑い飛ばす。

『ハハッハハハッハッ、俺様から見れば、お前なんか生まれたての赤子同然だ』

はいはい、齢４００００年超えのご老体だからな。途方もない長い年月で、きっとこんなひねくれた俺様野郎になったんだろうな。可哀想に……。

『おい、フェイト』

「なんだよ」

『無茶をするなよ』

「今更だな」

あの時、王都にあるハート家の屋敷……使用人だった頃、暴食スキルの代償を知ってしまったときからここまで、変わることのない繰り返しじゃないか。それに今は恐ろしいくらい暴食スキルが安定しているんだ。

「今回だって大丈夫さ。これからだってな」

『ああ、そうだな』

大通りに向けて歩いて行く俺に次々とすれ違う武人たち。誰もが仰々しい装備をして北側にある外への大門を目指して駆けていく。

どうやら、彼らはロキシー様が率いる王都軍の狩り残したおこぼれを狙っているようだ。

めったに無い稼ぎ時なのだろう。

俺は髑髏マスクに手を当てて、南側にある軍事区を見据える。そんな俺にグリードは《読心》を介して言う。

『どうした、フェイト。出口は逆方向だぞ』

「いいんだよ。こっちで」

あっちは軍の移動や武人たち、それにデスマーチによって大慌ての商人たちで大混雑だ。もっと良くて、人がいない道がある。

デスマーチによって軍事区が手一杯な今なら、大手を振っていけることだろう。

「超ショートカットで行くぞ」

『なるほど』

俺が筋力を活かした特大のジャンプで建物の屋根に着地したことで、グリードは理解したみたいだ。

『このまま建物伝いに南を目指して、更にアダマンタイトの外壁を越えて、ガリアへ行くわけか』

「そういうこと！」

だけど、すぐにはガリアへ向かわず、外壁の上で王都軍の進行を見守るつもりだ。

あくまでも主役は王都軍。デスマーチだけならロキシー様の率いる王都軍なら問題なく一掃できるはず。先程手合わせしたからわかる。ロキシー様は強い。

俺がやるべきことは、そこで何か異変が起こる前に見極めて、行動することだ。

辿り着いた外壁の上は、思ったよりも風が強くて、気を抜けば吹き飛ばされそうだった。

南……ガリアからは黒い地面、黒い空が近づいてきている。

まだあんなに遠くなのに、目視であれほどはっきりと見えるとは……1万5000以上の魔物の大群か。

「圧巻だな」

『フェイトはデスマーチを初めて見るのだったな。なら、気に留めておけ。魔物を一気に大量に倒すな。急激なステータス上昇は、暴食スキルを無理やり呼び起こして狂喜させるぞ』

「ああ、気をつける。あれはもうゴメンだ」

嫌な思い出だ。ロキシー様の領地に行った時、冠魔物――『慟哭を呼ぶ者』という固有名詞を持つコボルト・アサルトと戦ったときの事だ。

何とか倒せたのはいい。今まで経験したことのない良質な魂を喰らったことによって、大きくステータスは上昇したが、その反動として暴食スキルが暴走しかけたのだ。

もがき苦しんで喉をかきむしり、理性を保つために頭を岩に打ち付けたりした。……うん、本当に嫌な思い出だ。

あれを戦いの最中にしてしまったら、あっという間に魔物に囲まれて戦えずにあの世行きだろう。

そうならないために暴食スキルをおさめる修行をしてきたけど、グリードの言うとおり一度に数千規模で魔物を喰らったらヤバそうだ。

まあ、あれは王都軍の役目だ。デスマーチを俺が正面から戦うことはないさ。

しばらくしてバビロンから王都軍が出てきた。もちろんその中にはロキシー様もいる。白馬に跨り、軍の指揮をとっている。デスマーチがやってくる場所を予測して、国境線で迎え撃つ気だ。

魔術士や弓兵を配置して、遠距離から攻撃してデスマーチの魔物の数を削ぐようだ。その後で残った魔物を近接戦闘で確実に仕留めていくのか。

あの数だ。中には固有名詞を持った冠魔物がそれなりにいるはずだ。それを倒すのがロキシー様……強力なスキルを持つ聖騎士の役目だ。

見守る俺にグリードが言う。

『もうすぐ始めるぞ』

「こっちもいつでも動けるようにいくぞ」

鞘から黒剣グリードを引き抜き、黒弓に変える。

俺だってこの一ヶ月、闇雲に魔物を倒して魂を喰らってきたわけではないさ。もっとグリードの力を引き出せるように鍛錬してきたんだ。

第23話　変遷する力

しばらくして、南から進軍してくる魔物の大群が、それを待ち構えるロキシー様の王都軍と正面から衝突した。

主な魔物は緑色の肌をしたオークだ。見たところ、固有名詞を持っていそうな魔物は数匹ほど。軍の中には、聖騎士がロキシー様以外にも沢山いるので遅れは取らないだろう。暴食スキルからくる疼きも大したことはない。故にあそこで行われている戦いに、今のところ脅威は感じられない。

ホッと一息吐いて、このまま高台からロキシー様たちの戦いを高みの見物といきたいところだけど、グリードが東側から近づいてくる気配を察知する。

『王都軍とデスマーチの戦いの場に向かって、何かが急速に接近してくるぞ』

「⁉　何もいないけど……」

グリードが言う方角を見ても、何もない荒野が広がっているだけだ。そう、見た目上だ。

「強いのか？」

『ああ、そうだな』

「なら、こっちだって出し惜しみしている場合じゃないな」

今の俺には見えないのなら、見えるようにすればいいだけだ。

そいつが強いというなら、尚更だ。

障壁の機天使との戦いで使ったあれで、いくしかない。

『無茶をするなといっても、お前は聞かないんだろうな』

「今更さ。じゃあ、始めるぞ」

深呼吸をして心を落ち着けて、覚悟を決める。

たとえ敵が見えなくても、それを必ず喰らってやる……殺してやるという覚悟を持って、暴食スキルを無理やり呼び起こす。

途端に右目が熱く燃え上がるような感覚を覚える。それは暴食スキルを上手く引き出せて、半飢餓状態に至ったという合図でもある。

『前よりも、上手く扱えるようになったようだな』

「グリードの教えてくれた鍛錬のおかげだな」

『ふんっ、俺様としても、この程度で終わってもらっては困るからな』

大丈夫さ、この状態になっても心は未だに落ち着いている。前みたいに超短期決戦でないともたないというわけではない。

俺は魔力の流れが見える目で、東の方角を眺める。

「これは……」

巨大な何かが大地の中……地中深くを泳いでいる。まるで水の中を泳いでいるかのように悠々とだ。

鑑定スキルと言いたいところだが、遠すぎて使えない。

ほかに近づいてくるものはいないか、念のため見回す。今のところ、いないみたいだな。

視線を大地を泳ぐ敵に向けなおす。このままいけば、ロキシー様の王都軍の真下に潜り込むことだろう。目の前の戦いに集中している彼女らに、それを察知することができるのだろうか。

難しいように思える。できたとしても、あれだけの軍勢に周知させて対応するだけの時間はなさそうだ。その前に、足元から致命的な攻撃を受けてしまう。

あの巨大さなら、王都軍に相当な被害が出ることだろう。

「その前に止めるぞ」

『これほど表立って戦うのは初めてだ。戦いに飲まれるなよ』

確かにこの異常な熱気とプレッシャーは、いつもの戦いとは違ったものを感じる。

グリードがいうように、流されてしまったらマズそうだ。せっかく安定している暴食スキルが乱れかねない。

「あれを使う」

『ほう……試してみるか。良かろう』

地中を泳ぐ敵に向かって、黒弓の奥義——全ステータスの10％を使った攻撃をしたいところだが、できれば温存しておきたい。

そのために、新たに編み出した変異派生アーツを使う。条件は半飢餓状態であること。

これは、ハウゼンで死霊たちと戦った折に、俺と共闘したアーロンの身に起こったことからヒントを得たものだ。あの時、アーロンは暴食スキルの影響を受けて、レベルの上限が解放される限界突破という現象が現れた。

俺はこれを自分自身が所持しているスキルに応用できないかと考えたのだ。暴食スキルの影響を例えば、弓術スキルに適応させる。そして、そのスキルのアーツを変異派生させて、魔弓であるグリードに強制カテゴライズさせる。

こんな風に……。チャージショット……変異派生アーツ《チャージショット・スパイラル》。

チャージショットは弓の射程距離を倍加させるアーツ。そして、今使おうとしているチャージショット・スパイラルは、魔力を溜めれば溜めるほど射程距離が伸び、更に貫通力が飛躍的に上がる。

『普段は使えないスキルを、無理やり俺様の形状へ適応させて、かつ威力も上げるか……面白いことを考える』

「俺だっていつまでも、グリードの燃費の悪い奥義ばかりに頼ってられないからさ」

『言うようになったじゃないか』

だから、見せてやるよ。口だけじゃないことをさ。

片目が赤く染まった今なら地中深く潜った敵ですら、手に取るように把握できる。

俺は狙いをつけて、魔力を込め始める。黒き魔矢から放電にも似た黒い稲光が弾け出す。まだ足りない。もっと魔力を流すと、黒弓までそれは伝わり、バチバチという音をたてだした。黒弓を持つ左手には電流が流れたような痺れすら感じる。そろそろ……頃合いだな。

未だ標的を見失うことなく、俺の視線の先を雄大に泳いでいる。

俺の魔力をたっぷりと吸った魔矢を放つ！

飛び出した魔矢は迷うことなく、空気の壁を幾重にも砕き、切り裂いては東へ東へと黒き線を描く。そして大地を貫き、衰えることなく、地中深くへと消えていった。

しばらくして、大地が大きく震え出す。収まったかと思ったら、魔矢が潜り込んだ地面が盛り上がりだして、火山の噴火のように大爆発した。

そこには、土や岩を撒き散らしながら、青く透明で巨大な鯨が現れたのだ。

「見たかよ。俺の一本釣りを！」

『ハハッハハハッハッ、今日は大量だな！』

「そうさ、あんなデッカイ獲物は釣ったことがないって」

まだ殺ったわけではない。地中深くへ逃げられる前に、一気に詰め寄ってやる。

俺はアダマンタイトで作られた分厚い外壁から飛び降りる。すぐに外壁を目一杯踏み蹴って、東へ大きく跳躍する。

落下をしながら、思わず笑ってしまう。それを聞いたグリードが《読心》スキルを通して聞いてくる。

『どうした？　急に笑いだして』

「いや……こんな高台から飛び降りるなんて、昔の俺からは考えられないなって思ってさ」

『そろそろ、しっかりと自覚してもらわなければ、俺様としても困るぞ。これからのお前にとって、もっとも重要なことだ』

「わかっているって」

着地と同時に、筋力と敏捷をフルに発揮して、地面をえぐるように駆け出す。

透明で青い鯨は今も空中へ飛び上がっている。

一歩で百メートルくらいなので、数十歩であいつの場所へと行けそうだ。黒弓を握りしめて、先を急ぐ。

よしっ、ここなら範囲内だ。俺は空を見上げながら、《鑑定》スキルを発動させる。

「お前の正体を教えてもらうぞ」

俺は現れた表示内容に驚きを隠せなかった。こんなのアリかよ……。

そんな俺にグリードは言う。

『まあ、ガリアではよくあることだ』

「マジか……」

固有名称を持つ冠魔物であることはわかる。だけど、よりによってあれとはな。

ガリアは餌が沢山あるから、こんなに大きく育っちゃったのかな。

俺の知っているそれはもっとかわいい魔物だった。

予想外な敵のステータス内容を再度確認する。

第24話　大地を侵す無形体

【大地を侵す者】
オメガスライム　Lv440
体　力：133600000
筋　力：8760000
魔　力：119830000
精　神：112480000
敏　捷：5347000
スキル：腐食魔法、体力強化（大）

大き過ぎれば、可愛くなくなる。まさにこれを言うのだろう。
無形体ゆえにどのような形にでも変えることができる。だから地中を泳ぎやすい姿として、鯨のような形体をしていたのだろう。

レベルはかなり高い。それに伴って、ステータスの一部が一千万超えだ。

これでは、聖騎士といえど防戦一方となるだろう。それに、この冠魔物からは嫌なプレッシャーを感じる。

オメガスライムは見上げる俺に気がつくと、空中で体を膨らませ始めた。

グリードが《読心》スキルを介して、大声を出す。

『俺様を魔盾に変えろ！　すぐにしろっ！』

言われるまま、黒弓から黒盾に変えると、オメガスライムが体中から大量の水分を噴き出した。

それは、重力に引かれて雨のように地面へと降り注ぐ。

俺はグリードの忠告によって、その雨を黒盾を傘代わりにして凌いだ。豪雨となって降ったそれは、地面を変貌させていく。

「おいおい……これって」

グリードのおかげで助かった。直撃していたら、ステータスは格上でも、この攻撃は防ぎようもない。

雨が止んだ後の地面がドロドロに溶けていたからだ。

『強酸だ。まさか出合い頭一発目から酸を噴いてくるとはな……意外だったな』

「そういうことは前もって教えてくれよ」

『お前だって、スライムの体は強酸だってことくらい知っているだろう』

「そうだけどさ……まさか噴いてくるとは。それにこの異臭」

汚物のような臭気が辺り一面に立ちこめる。吐き気をもよおしそうなほど、腐った臭いだ。

これってまさか……黒盾の隙間から、オメガスライムが所持する腐食魔法スキルを《鑑定》してみる。

腐食魔法：物理攻撃に腐食属性を付加できる。触れた対象は朽ち果てる。

凶悪なスキルだった。おそらく、体内から放出される強酸にこの腐食属性を付加している。

だから、大地が考えられないほど深く抉れているのだ。

そうか……。オメガスライムはこの腐食属性が付加された強酸を使って、地中の岩や砂などを溶かし腐らせながら、泳いでいたのだ。

　そうなると、あれと接近戦は不可能だ。黒剣や黒鎌で切り裂いて、もし体液の強酸が噴き出したら、骨も残さずにドロドロにされてしまう。

「面倒な魔物だな」

『ステータスだけでは簡単に勝てない特殊な敵もいるってことだ。どうだ、勉強になったな』

「偉そうに……」

　高慢なグリードを黒盾から黒弓に変えて、落下し始めたオメガスライムを狙う。

　こんな奴は、一気に片付けるのに限る。ならば使うのは……。

「さっさと決めるぞ。俺から全ステータスの10％を奪え」

『おやっ？　温存するのではないか？』

　ニヤニヤ声で俺に聞いてくるグリード。忌々(いまいま)しい言い方だ。

「うるせっ。いいからいくぞ」

『まあ、焦る気もわからなくはない。良かろう、ならばいただくぞ』

　オメガスライムは空中で体をうねらせて、俺の真上に移動しようとしていた。あの巨漢を使って俺を押しつぶす気なのだ。更に、体から強酸がにじみ出ている。

　焦るのも当たり前だ。

グリードが俺のステータスを奪い取り始める。この体から力が抜けていく感覚は、何度味わっても嫌なものだ。身の内から力を搾り取られているようである。

そんな俺のことなどお構いなしに、グリードは俺の力によって形を変え、暴化していく。スマートだった黒弓の形は、禍々しく変化して一回り大きくなる。

もうこの第一位階の奥義を放つためのグリードの姿は見慣れたものだ。だからといって、使い手としては奥義を放つ時の反動が半端ないため、気が抜けない。

大地に足をしっかりと踏み込んで、俺を覆い尽くすように落下しているオメガスライムに狙いを付ける。

引いた黒き魔矢に炎弾魔法――炎属性も付加しておく。これで撃ち抜いて四散した腐食強酸すらも燃やし尽くしてやる。

半飢餓状態になっている今なら、オメガスライムの体内に流れる魔力の中心部まで見える。そこが弱点だ。

撃ち抜いてやる。

放たれた紅き魔矢は火の粉を散らしながら、大きな稲妻となってオメガスライムと交差する。

爆炎と共に、巨大な水蒸気が辺り一面を覆い隠す。

おそらく、撃ち抜いたオメガスライムの体液が一瞬で蒸発したのだろう。

手応えはあった。だがしかし……。

『やったか？』

「わかっているくせに……わざとらしいぞ」

『ハハハッハハハッハッ、言ってみただけだ』

倒したなら、あの無機質な声が、暴食スキル発動でステータス上昇とスキル取得を教えてくれるはず。

その知らせがないというなら、オメガスライムは健在だ。

まずはこの場から移動だ。地面を強く蹴って、大きくバックステップする。すると、ワンテンポ遅れて、俺がいた場所に青く透明な大球が、落ちてきた。

同時に地面が溶かされて、大穴が開く。

続けざまに、それが散弾のように辺り一面に降り注いだのだ。

「チッ……そんなのありかよ」

『分裂して攻撃を仕掛けてきたか。なるほど、俺様の奥義もああやって自分の身を切り捨てて、盾として使って防いだようだな』

「また地中に潜ったか」

『しかし、オメガスライムのコアは一つだけだ。分体に惑わされずにそこのみを壊せばいい』

「簡単に言うなよ」

さっきみたいに、コアを射貫こうとしたら分体を作り出して防がれるだろう。

やるなら、もっと接近して攻撃を仕掛けるか、分体ごとコアを貫く火力が必要だな。

「こんなことなら、全ステータス10%といわずに、20%くらい渡しておくんだった」

『フェイトは貧乏性だからな。変なところでケチるんだよな』

「うるせっ」

それよりも、オメガスライムはどこだ？

地中に潜った奴の魔力を追っていく。……クッソ。

「なぜかわからないけど、俺のことを無視して西へ進んでいる」

『うむ、その先にあるのは、王都軍だな』

西を見ながら頷く。俺に追い詰められて逃げているのではない。明確な意志を持って、王都軍を狙っている。

知能が比較的高そうな冠魔物といえど、そこまでするものだろうか。

なんだろうか……この戦い方は本能で戦うような直感性を感じない。なんというか……

人間臭い。

俺はグリードを黒剣に戻して鞘に納める。まさに、こういったところがさ。

空中へ飛び上がり、すかさず聖剣技アーツ《グランドクロス》を地面に向けて発動させる。

そこには、地面から飛び出したばかりのオメガスライムの分体が3体。

聖なる光によって、浄化されていく。

『不意打ちだな』

「ああ、俺に関心がないと見せ掛けておいて、しっかりと狙ってくる。このいやらしいズル賢さがどうも魔物っぽくないんだよな」

『エリスに言われていることもある。注意を怠るな』

そうだな。でも、今は先を急ごう。王都軍の中にあれを飛び込ませてはまずい。

俺は立ち塞がるオメガスライムの分体を《グランドクロス》で浄化させながら西へと向かう。

第25話　黒き凶弾

このままオメガスライムに追いついても、どう仕掛けるか。

そう考えているうちに、バビロンの外壁からここへ来るまでに通った北へ向かって深く刻まれた地面の裂け目を思い出した。

ロキシー様が率いる王都軍へ最短距離で向かうなら、あそこを飛び越えた方が早い。地中から感じられるオメガスライムの魔力からも、そこを通ろうとしているようだ。

なら、奴が姿をさらけ出すタイミングで叩くのが上策か……それとも……。

煮え切らない俺にグリードが《読心》スキルを通して声をかけてくる。

『どうした?』

「いや、何でもない」

たとえ、そうだったとしても、今は乗ってやるしかない。

そんな俺のことを見透かしたように、グリードが笑う。

『フェイト……お前の脈拍が上がってきているぞ』

「こんなにも走り続けているんだ。息だって上がってくるさ」

『フッ、それだけならいいがな』

相変わらず偉そうな黒剣だ。だけど、おかげで少しは気が紛れた。

もう大地の裂け目が見えてきた。俺は地中を泳ぐオメガスライムを見据えながら、一足先に加速してダイブした。

落下とともに、鞘から黒剣を抜いて、形状を黒弓に変える。

「グリード！　20%だ！」

俺の了承によって、グリードが全ステータスを奪い始めていく。力が抜ける感覚と引き換えに、黒弓はみるみるうちに変化していく。禍々しく一回り大きくなった黒弓を構える。

そして、さらに保険をかける。

変異アーツ《チャージショット・スパイラル》を発動させてやる。グリードの奥義形体と組み合わせるのは初めての試みだが、きっと彼なら上手く制御してみせるだろう。日頃、偉そうに言っているので、その才覚とやらをここで発揮していただこう。

『フェイトっ!?　お前っ……』

いきなりの追加で、グリードが珍しくちょっとだけ焦っているようにも思えるが、聞かなかったことにしておこう。

この貫通力のある変異アーツを使えば、オメガスライムが体から切り離した分体を盾のように使おうと、お構いなしに風穴を開けられる。

だからこそ、何をやってくるかわからないオメガスライムがしっかりと目視できるここで使う。より確実に倒すためだ。

魔力の流れが見通せる目には、オメガスライムが今にも崖を突き破って、顔を出しそうに映る。

タイミングを合わせて、オメガスライムの登場を待つ。

今だ!!

岩壁を溶かしながら現れた、大きな鯨の形をしたオメガスライム。

その中心にあるコアにめがけて、魔力を限界まで溜め込んだ黒き矢を放つ。

いつも以上の反動、空中で足場もないことも相まって、思いっきり後方に吹き飛ばされてしまうほどだ。

しかし、狙いは正確だ。このままいけば……だが。

「くっ、このタイミングでかっ」

何者かによって、頭上から黒い線を帯びる何かが、俺とオメガスライムを引き離すように撃ち込まれたのだ。

数にして三発。それはとんでもない速さだった。

半飢餓状態である今の動体視力をもってしても、見切ることすらできないほどだ。

わかるのは黒い筋が通り過ぎていったくらいである。

そして、先程の攻撃と違う少しだけ赤みを帯びたそれは、俺がオメガスライムに放った攻撃と重なるように着弾する。

普通では俺の攻撃でオメガスライムごと大地に風穴を開けるはずだが、全く違う光景が目の前に広がっている。

俺の攻撃を受けたはずのオメガスライムはコアを失っているにもかかわらず、ぽっかり開いた穴を抱えたままで生き続けている。そんなことがあるのか……。

《暴食スキルが発動します》

《ステータスに体力＋１３３６０００００、筋力＋８７６０００００、魔力＋１１９８３０００、精神＋１１２４８０００、敏捷＋５３４７０００が加算されます》

《スキルに腐食魔法が追加されます》

やはり、無機質な声が頭の中で聞こえてきて、オメガスライムの魂を喰らったことを教えてくれている。それなのになぜ、これはまだ動いているんだ。

形を失い、不規則に蠢いているオメガスライム。

俺は俺で一千万超えのステータス――久しぶりの良質な魂を喰らったことによって、脳が痺れるように暴食スキルから歓喜が襲ってくる。

オメガスライムを喰らったことで、制約は解除されて半飢餓状態から元に戻っているが、この荒ぶりようでは、もうしばらく尾を引きそうだ。

まあ、そうゆっくりとはしていられそうもない。

『フェイト！　離れろ。危険だ』

「わかっている」

グリードに従って、俺は地割れから地上を目指す。

岩壁を蹴り上がっていく俺にグリードは言う。

『とうとう、ご登場のようだな。この感じは……俺様と同じ大罪武器だ』

「エリスが言っていた通り、危険なやつか？」

『ああ、こいつは一番異質で厄介だな』

もうすぐ地上だ。グリードが言う大罪武器を扱う奴は、俺に全く攻撃を仕掛けてこない。

頭を押さえているという有利な状態なのにだ。

でもそう言ったら、オメガスライムに攻撃をしようとしている時も、俺を攻撃する絶好の機会だったはず。

あえてしないでいるのだったら……。

『地上に上がればわかるだろう』

「そうだな」

飛び出した地上は相変わらず荒廃した風景が広がっている。

そこにポツンと佇む黒衣の男。フードを深々と被っている。極めつきは、俺とよく似た髑髏マスクを被っているのだ。不思議なことにそのマスクを見ていると、黒衣の男の容姿を上手く認識できない。

「これは俺のマスクと同じ効果を持ったものか。真似しやがって……」

その男が手に持っているのは黒剣。だが、グリードとはかなり形状が違う。

刃の部分以外に、何かの筒のような物が組み込まれているのだ。

黒衣の男は未だ動かずに俺を見据えている。

グリードが《読心》スキルを通して、俺の疑問に答えてくれる。

『あの男が持っている武器は、エンヴィー。銃剣と呼ばれる特殊形状だ。あの筒状のところから魔弾を撃ち出すことができる。そして魔弾は、追尾機能付きだ』

「それって……つまり」

『そうだ。あの大罪武器は、遠距離から近距離までこなせるオールレンジだ』

マジかよ。だから、あんなに余裕なのか。

鑑定スキルで、あいつの正体を見破ってやろうと思ったができなかった。黒衣の男が髑髏マスクの下で、薄(うっす)らと笑ったように見えたからだ。

おそらくあいつは、鑑定スキルを無効化する方法を知っている。使えば魔力を放たれ、カウンターで視界を失うことだろう。

しばらく睨み合いが続き、互いの出方を窺っていた。先に動いたのは黒衣の男だった。なぜか黒銃剣(こくじゅうけん)を鞘に納めると、俺に向けて大げさに片手を胸に当てて一礼をしてみせたのだ。

すると、足元の地面が大きく振動を始めた。

これは……まさか。

予想は的中。いや、それ以上のことが地中から顔を出していく。

コアを取り戻したオメガスライムが1匹、2匹、3匹……更に増える。そして、コアには今までなかった紋章が刻まれていた。この紋章には見覚えがある。ガリアの大渓谷へ向かったとき、ロキシー様が率いる軍を執拗に狙ってきた魔物にもこれと同じ紋章があったのだ。

グリードが舌打ちしながら言う。

『あの時にオメガスライムに撃ち込まれたのは、潜在能力を引き上げる魔弾だったようだな。分体を作り出す能力から、ステータスをそのままにコアすらも分裂する能力を得たようだ。だから、フェイトがコアを破壊する前に分裂して逃れたのだろう』

「それって、まずくないか……」

『ああ、潜在能力が引き出されている間は、際限なく増殖するぞ。だが、これは……フェイトには相性が悪すぎる』

そんなことないさ。まだまだ喰い足りないって思っていたところだ。

意識を集中させて、もう一度だけ暴食スキルの力を引き出す。

黒弓グリードを構えて挨拶代わりに、高みの見物を決め込んでいる黒衣の男に向かって魔矢を放つ。

俺が撃ち込んだ魔矢は、黒衣の男が迎撃した魔弾によってあっけなく撃ち落とされてしまう。

無駄か……。だからといって、やめるつもりはない。

あいつが持つ黒銃剣の性能を調べるためにも、無駄な攻撃を続けていく。

「チッ、邪魔だな」

地面からは、今尚も次から次へとオメガスライムが増殖している。既にその数は100匹はゆうに超えているかもしれない。

オメガスライムを相手にするよりは、その根源たる黒衣の男を止めないといけないのだが……。

さすがに足場もないくらいに増えてくると、無視はできなくなってしまうほどだ。

「本当に、邪魔だな」

第26話　Eの領域

俺と黒衣の男を繋ぐ視界すら、オメガスライムによって阻まれていく。俺をぐるりと取り囲む透明な巨体たち。透けたあの先に、おぼろげに見えるあいつは姿を現してから一歩も動いていない。

恐ろしいくらいの余裕だ。

今の俺では、手も足も出ないなんて思っているのだろう。

まだ始まったばかりなのに、ここまできて止まると思っているなら、それは大間違いだ。

ちょっと甘く見すぎじゃないか。なんて思っていると、俺を取り囲んでいたオメガスライムたちが一斉に襲いかかってきた。逃げ場なしか……。

俺を包み込んで、自身からにじみ出ている強酸と腐食魔法で跡形もなく朽ち溶かす気だ。

グリードも少し焦ったように《読心》スキルを通して、声を荒らげる。

『フェイト！　どうした迎撃しろっ、フェイト！』

視界は青くぼやけたものへと変わる。だけど、俺はそれを押しのけながら先に進む。

黒衣の男へ向けて、歩き続けてオメガスライムたちの壁を通り抜ける。

「ふー、息ができないのは辛いところだね」

『お前……もう使いこなしたのか』

「暴食らしいだろ」

俺が歩く地面は、黒く変質して腐敗していく。そして、俺を襲ってきたオメガスライムたちも同じように濁(にご)って崩れ落ちていた。

――腐食魔法。

先程、手に入れたこの魔法を使って、オメガスライムを強酸と腐食魔法を上回る魔力を以て、ねじ伏せてやったのだ。

「もうオメガスライムは俺の敵じゃない」

無機質な声が、オメガスライムを倒したことを教えてくれる。問題はここからだ。

《暴食スキルが発動します》

《ステータスに体力＋1336000000、筋力＋876000000、魔力＋119830000、精神＋1124800000、敏捷＋534700000が加算されます》

加算される一部のステータスが一億超え、しかも良質な魂である冠魔物10匹を同時喰い。オメガスライムを1匹喰らった時の10倍ほどだと思っていたけど。

ハハッハッハハハ……これはやばい……。ロキシー様の領地で倒した冠魔物であるコボルト・アサルトを喰らった時を思い起こさせる。

いや、それ以上か……。

右目の視界が赤く染まったからだ。

暴食スキルが暴走しかけているのだろう。頬を伝って地面にポタポタと落ちていく血を眺めながら、歯を食いしばる。

「まだまだ、喰い足りないな」

『無理は禁物だぞ』

「そうは言ってられないさ。まずはあいつの声を聞かないとな」

なおも、その場から動かずに視線を送ってくる黒衣の男。オメガスライムを容易く倒してみせたら、少しは態度が変わるかと思ったが、まだ余裕かよ。

グリードが俺に注意を促す。

『あれは、お前がこれ以上ないくらい喰えなくなるまで待っているのだろう。そのためのオメガスライムだ』

「そうなる前に、俺のステータスはとんでもないことになっているさ」

『いや、それはお前次第だ』

「グリード?」

聞き返そうとしたが、再びオメガスライムたちに攻撃され、阻まれてしまう。

くっそ、いつになく歯切れの悪いグリードに違和感を覚えながらも、オメガスライムたちを喰らっていく。

無機質な声を聞くたびに、強くなっていく実感と暴食スキルの歓喜による苦痛が大波のように襲ってくる。

しかし、ある時を境に何かがおかしいと感じだす。オメガスライムを喰らっても喰らっても、苦痛だけが俺の体を駆け抜けていくからだ。

なぜだ。無機質な声がオメガスライムのステータスが加算されていると言っているのに、それを実感できないんだ。

そんなはずはない。俺は今ある最大の魔力を込めながら黒弓を引いて、黒衣の男へと魔矢を放つ。今までとは比べ物にならないはずの威力を持った魔矢のはずだった。

しかし、それを黒衣の男は魔弾で迎撃することもなく、直接受けてみせたのだ。

「これは……」

奴は全くダメージを受けることなく、ずれた髑髏マスクを着け直す。始めの俺からの魔矢の攻撃は、本当は迎撃するまでもない取るに足らないものだったとでも、言いたいようにも見える。

グリードが俺に鑑定スキルで自身のステータスを確認するように促してくる。確かにそのほうが俺が置かれている現状が目に見えてわかる。

フェイト・グラファイト　Lv1
体　力：999999999
筋　力：999999999
魔　力：999999999
精　神：999999999
敏　捷：999999999
スキル：暴食、鑑定、読心、隠蔽、暗視、格闘、狙撃、剛力、聖剣技、片手剣技、両手剣技、弓技、槍技、炎弾魔法、砂塵魔法、幻覚魔法、腐食魔法、筋力強化（小）、筋力強化（中）、筋力強化（大）、体力強化（小）、体力強化（中）、体力強化（大）、魔力強化（小）、魔力強化（中）、魔力強化（大）、精神強化（小）、精神強化（中）、精神強化（大）、敏捷強化（小）、敏捷強化（中）、自動回復、炎耐性

9桁で頭打ちになっている。これ以上はいくら喰らっても、ステータスを上げられないってことなのか？

俺の疑問に答えるように、グリードが言う。

『ここまでが人としての限界だ。ここから先は人外の領域だ。それを俗にEの領域という』

「Eの領域……それって」

マインが言っていたことを思い出す。天竜もその領域にいて、俺がそこへいくためには十年はかかるだろうと。

そして、他にも言ってたっけ……。

今の俺にはその壁を突破できる何かが足りないのだ。それは天竜を目にして、動けなくなってしまうことに繋がっているのかもしれない。

『フェイト、ここからが肝心だ。よく聞け。Eの領域に達した者とそれ以下の者には絶対的な隔たりがある』

「それは……」

『決して、Eの領域の者への攻撃は通ることがない。物理攻撃、魔法攻撃、特殊効果、その全てが無効化される』

「じゃあ、さっきのあいつに放った魔矢が効かなかったのは……」

襲い来るオメガスライムを黒弓から黒剣に変えて、斬り裂きながらグリードの答えを待つ。

『間違いなく、あれはEの領域だ』

見据えた先にいる黒衣の男は、にやりと笑う。髑髏マスクの真っ黒だった両目の奥が、真っ赤に染まりだす。

それは嫌というほどによく知っている色だった。

忌避するくらい……血のように鮮やかな深紅。見つめられただけで心臓が鷲づかみにされるのではないかと錯覚してしまうほどだ。

『フェイト、言っておくぞ。いくら俺様の切れ味が良いといっても、所詮は武器だ。使用者に依存する。先程も言ったが、ここから先はお前次第だ』

それに答えるように黒剣を握り返す。マインの言う十年なんて待ってられない。

今ここでEの領域に駆け上がってやる。

第27話　二つの覚悟

いくぞ！　持てるステータスをフルに発揮して、一気に黒衣の男へ詰め寄っていく。

途中、幾重にもオメガスライムが道を阻む。しかし、俺にはもうあの男しか目に見えない。

どうせ、この異常なオメガスライムの増殖を止めるためには、根源たるあの男を仕留めるしかない。

どうしても邪魔になるオメガスライムだけ、斬り捨てて先に進む。ステータスに反映できないのに、無機質な声は魔物を倒すたび、律儀に上昇内容を教えてくれる。

俺が近づいていくってのに、あいつはまだ微動だにしないか……。なら、まずはこれでどうだ。

勢いそのままに、振り上げた黒剣を渾身の力を込めて、振り下ろす。

大気が大きく振動していく。

黒衣の男は苦もなく俺の斬撃を受け止めていた。全くの無傷。

男は髑髏マスクの下で薄らと笑い。

「まだ……わからないのか。この圧倒的な力の差を……無駄なことを」

「無駄じゃないさ。こうやって、やっとお前の声が聞けたんだ」

俺の物言いが気に入らなかったようで、吐き捨てるように舌打ちをすると、黒衣の男は重なった黒剣を押し返す。

それは予想を超える力だった。

一瞬で百メートル……二百メートルほど後方へ吹き飛ばすほどに。

止まるために黒剣を地面に突き刺して、抵抗をかける。それでも、勢いはなかなか衰えない。……なんて力だ。

憎らしげに前方を見ると、黒衣の男は黒銃剣を俺へと向けていた。

チッ。すぐさま、黒剣から黒盾に変えると同時に、発砲音がこだまする。

防げているが、恐るべき反動。それが幾重にも襲ってくる。

一発、二発、三発と受け止めるごとに、踏ん張りもできず……さらに後方へと吹き飛ばされていく。そのまま後ろにあった巨大な岩棚へと深く打ち付けられた。

「ガハッ……」

俺の背中の辺りを中心に岩肌は大きく亀裂が走り、崩れ落ちていく。

貼り付けにされた俺が重力に引かれて、地面に落ちてきた時には、胃から上がってきた血が口から吐き出されていた。

口から垂れた血を拭う暇すら与えてくれないようだ。もう、目の前に黒衣の男は詰め寄って来ていた。なんて、速さだ。

すべてにおいて、次元が違う……違いすぎる。

ここまでなら、試す価値はある。たとえ更なる代償――制約を払ったとしても……。

今の俺ができるすべてを捧げよう。それで10年という経験と引き換えにしてやる。

黒衣の男は黒銃剣を振り上げて、俺を見下ろす。その手にはとても強い力が込められているように見えた。

そして、苛烈極まりない斬撃が俺の脳天めがけて振り下ろされた。

甲高い、金属同士がせめぎ合う音がガリア大陸中へと吸い込まれていく。余波によって、後ろにある巨大な岩棚はどうしようもないくらいに亀裂が走り、崩壊が始まる。

頭の上に大岩が次から次へと、雨のように降り注いでいるが、今の俺には……もう気にする必要がない。

だって、俺もまた……。

異変に気がついた黒衣の男は、せめぎ合う自分の黒銃剣と俺の黒剣を見ながら、こちらに目線を移動させてきた。

「その両目は……まさか……ここまで」

「大罪スキルをすべて解放したのさ。お前のようにな」

次第に今までになかった力が体中を駆け巡っていく。拮抗していたせめぎ合いを少しずつ少しずつ押し返せるほどに。

これが……Eの領域。世界が違って見える。呼吸の空気の味すらも、体の感覚すらも、情報密度が違うのだ。超感覚……これがもっともしっくりとくる表現だ。

俺の変貌に黒衣の男の声色が少しだけ違って聞こえる。

「そこへ至るのは、まだだったはずだ……」

「ああ、すぐには至れないのなら、至れるようにするまでさ」

そうさ、半端な覚悟ではこの暴食スキルは言うことを聞いてくれない。だから、自分ができる最大の覚悟を捧げたんだ。

殺す覚悟。そして、死ぬ覚悟。この二つの覚悟をもって、暴食スキルをこの一時だけ、完全に制御する。

「礼を言うよ。お前がいなかったら、ここまでの覚悟はできなかった」

「くっ」

Eの領域に至ったことで、反映されていなかったステータスが乗ってきた。どうやら、筋力は俺のほうが上のようだ。

「いくぞ！　準備はいいかっ！」

左足を大きく踏み込む。それだけで地面は隆起して、足場が変貌するほどだ。

力の限り、黒衣の男が持つ黒銃剣を押し切る。

男はたまらず後方へ飛び退いた。同時に周りのオメガスライムを移動して、盾のように使おうとするが、両目が赤眼になった俺には、それは無駄だ。

「邪魔をするなっ！」

視界にいるすべてのオメガスライムに睨みを利かせただけで、ピクリとも動かなくさせる。これは暴食スキルが効率よく格下を喰らうための力だ。

動けなくなったオメガスライムによって作られた一本道を駆け抜ける。黒衣の男は遠距離攻撃として銃口を向けてくる。

放たれた弾丸もまた、今なら見切れる。

黒剣で斬り弾き、斬り落としながら、黒剣を構えて再度仕掛ける。

黒衣の男もそれに応戦するように黒銃剣を中段に構える。互いにタイミングを見計らいながら、接近する。

黒剣と黒銃剣がまたしても交じり合う……なんて思わせておいて俺は相手の斬撃を躱して、地面を深く斬り上げた。

何度も同じなんて芸がないだろ。黒衣の男の周りには、土埃が舞い上がって視界を奪う。その顔、髑髏マスクごと貫いてやる。これほどの強敵だ。急所である頭を問答無用で攻撃するのがベストだろう。

黒剣の剣先を向けて、突貫する。土埃から出た剣先が、黒衣の男の顔面を捉えて突き進む。

しかし、もう少しのところで黒銃剣が割って入ってきて軌道が逸れてしまった。

髑髏マスクの左頬を突き破ると、俺は突貫した勢いでそのまま駆け抜け、黒衣の男から距離を取る。

そして、背を向けていた奴が振り返った時には、髑髏マスクの耐久が底をついて崩れ落ちていた。認識阻害の力によって、隠されていた男の素顔は、よく見覚えがあるものだった。

ついさっき、会ったばかりだ。

忘れもしない。あのサラサラとした金髪に、嘘くさい笑顔。

「やっぱり、あんただったんだな……ノーザン・アレスタル」

別に意外じゃない。会ったときから嫌な感じがしたし。それにグリードのことをよく知っているような素振りだった。古文書で見たことがあるなんて言っていたが、あれも嘘くさかった。それに大渓谷での一件もある。

ノーザンはフードを下ろして、にやりと笑う。

「半分は正解で、半分は不正解だよ」

「じゃあ、そのもう半分を教えてもらおうか」

「言っておくけど、僕はエリスのように甘くはないから、こんなこともできる」

ノーザンは俺に黒銃剣を向けたまま、懐から純白の笛を取り出した。そして再び笑うと、吹いてみせた。

高音の音色が静かに鳴り響く。

「一体何をした？」

「すぐにわかるさ。なんせ、あれは空を飛んで来るんだ。あっという間さ」

空を？　飛んでくる？　……まさか。

南の地平線から、信じられないほど巨大な白い物体が、おぼろげに顔を出してきた。暴食スキルの疼き方からも、それが何なのか否応なくわかってしまう。

「天竜……」

「そう、生きた天災さ。人によってはあまりの強さから、神の御使いなんて呼ばれている」

ノーザンは天に向けて、黒銃剣を発砲する。

「さあ、始めよう。僕と天竜が全力を尽くして、彼女を殺す。君はそれを全力をもって、止めてみせてくれ」

「お前……」

くそっ、悠長にノーザンと話している時間すらない。天竜は俺ではなく、ロキシー様が率いる軍に向けて、飛んでいっているからだ。

第28話　天を統べる轟竜

どう考えても、目の前にいるノーザンの相手だけをしている時間はない。

それを見透かしたように、奴は薄ら笑いを浮かべる。

「三十秒だよ。君は……間に合うかな」

「くそったれ！」

完全に姿を現した天竜が、大きな口を開けて、ロキシー様がいる軍隊へ向けて、狙いを定め始めている。

もうなりふり構っていられない。西へ、全力で駆け出す。

そんな俺をノーザンが見過ごすわけがなかった。案の定、俺の背中へ向けて無数の弾丸を放つ。

その前に前進しながら、振り返る黒剣で斬り落とすが……。これじゃあ、グリードの形状を黒弓に変えて、あの天竜へ牽制する暇さえない。

それがノーザンの狙いなのだろう。でも今はなんとしても西へ向かうしかない。

進行方向から、背中の後ろから嫌な魔力の流れを感じる。

増え過ぎなんだよっ！

ここから先は通行止めとばかりに青く透明な巨体——オメガスライムが壁を成していた。

変な笑いが出てしまう。ノーザンにとってこれは、ただのゲームのようなものなのだ。あの野郎……。

『フェイト！　さらに攻撃が来るぞっ！』

オメガスライムを斬り伏せて道を作っている最中にも、ノーザンからの遠距離攻撃が周期的にやってくるのだ。グリードに注意を払ってもらいながら、なんとか防ぎきる。

後もう少し。

王都軍とデスマーチがぶつかる戦場に飛び込むことに成功する。兵士たちが、オークやガーゴイル、まだ見たこともない魔物たちと懸命に交戦している。

だけど、士気は高いとはいえない。それは南から現れた天竜を前にして、恐怖がじわりじわりと心を侵していっているからだろう。

それでも、逃げ出さないなんて……戦い続けているのは、まだこの軍を指揮する者が残っているからか。届かぬ天空を押さえられた時に、終わりが見えているからか。

俺にはわからない。

今はあの天竜の咆哮に集中だ。さらに近づいてきた天竜は、あまりの巨体さに広域で日陰ができている。部分的な夜がやってきたと錯覚するほどだ。しかし、可能な限り暴食スキルを引き出した状態なら、面と向かって対峙しても以前のようなことはない。

体が硬直することなく思い通り、いつものように動かせる。おそらく、同じEの領域に至ったからだと思う。

後は天竜の攻撃を防ぎきれるかだ。口元で限界まで溜め込まれた高エネルギー波を天竜が放とうとしていた。

巨大な口から放射された尋常ではない攻撃は、ガリアの傷んだ大地を無に還しながら、舐めるように軍隊と魔物がぶつかり合う中心へ、移動していく。

交戦の最南にいる魔物が一瞬で蒸発してしまうほど。オーク、ガーゴイル……冠魔物でさえも抗うことすら許されずに屠られていく。

その高貴なる咆哮は、まさに神の御使い。人々がそう崇めたくなるのもわかった気がする。

だけど、それを否定させてもらう。

「グリードっ！」

機天使を喰らったことで得ることができた第三位階——黒盾を今こそ。

形状を変えて、迫り来る咆哮と衝突する。信じられないほど、重圧が黒盾を持つ両腕から伝って、両足までにのしかかる。

ほんの少しだけ後ろへ押されてしまうが、なんとか持ちこたえられそうだ。黒盾に衝突した咆哮は、虹色の光になって、段々と拡散されている。

俺の後ろにいた兵士たちが初めは何が起こっているか、わかっていなかったが、少しずつ状況を理解してくれていった。次第に、俺に檄を飛ばしてくれるものまで現れる始末だ。

そんなことよりも、さっさと逃げてくれ。

僅かにホッとしかけたとき、激痛が襲ってくる。一発の弾丸が、俺の右腿を撃ち抜いたからだ。

「くそっ、あの野郎」

天竜の攻撃を防ぐので、動けない俺をいいことに、ノーザンがここぞとばかりに狙ってきているのだ。頭や心臓を狙うのでなく、太腿を狙う辺り、本当にいい性格をしている。

踏ん張りが利かなくなったため、ほぼ拮抗していた力関係が崩れ始める。ズルズルと押されだしたのだ。力を入れようと思っても穴が開いた右脚では、血が溢れるだけで思うように言うことを聞いてくれない。

《自動回復》スキルが発動して、修復が始まっているけどこの分だと時間が足りない。

それにこのままでは、次弾の攻撃に対応できない。そんな俺に近づいてくる者たちがいた。

俺の後ろにいた兵士たちだ。各々が盾を持ち、東側面からくる凶弾から俺を守ろうとしてくれたのだ。

彼らの顔には見覚えがある。ガリアの大渓谷で旅をともにした兵士たちだった。

ありがたいけど、それは……無謀だ。相手はEの領域だ。あなたたちでは次元が違い過ぎる。

「そんなことよりも逃げてくれっ！」

俺の言葉を聞こうとしてない兵士たちが取り囲むように陣を組んでいく。別に誰かから命令されたわけでもないのに自主的に行動してくれるのが、嬉しくもあり、とてもつらかった。

だって、ノーザンは甘い人間じゃない。寧ろ、面白がってこの状況を楽しむほどだ。

弾丸が左隅の兵士を盾ごと撃ち抜いた。通常のステータスではあまりある攻撃に爆砕して、血肉が俺の髑髏マスクを汚す。

それでも、彼らは一向にその場からどこうとしないのだ。

また一人、また一人と崩れ落ちていく。俺の足元まで血が流れ込み、血溜まりを作り出す。

早く、早く、早くしてくれ。そして、天竜からの攻撃が静まり始める。

だが、それは第二波に力を込めるための準備だった。それも第一波よりも更に一回り大きい高エネルギーを放とうとしていたのだ。

まずい。

そう思っていると、よく知った女性の声が聞こえてきた。

「これは一体……」

天竜の攻撃によって俺は、後ろへ後ろへと追いやられていたのもあっただろうが、きっと、この異変を彼女なりになんとかしようと駆けつけてくれたのだろう。

ロキシー様はそういう人だ。

だけど、今は最高に間が悪すぎる。

動けねぇ。天竜の第二波が放たれたからだ。あまりの威力に、着ている服の両袖が吹き飛び、髑髏マスクすらもひび割れて消し飛んでしまう。

ダメだ！　ノーザンの銃口は確実にロキシー様に向いているはずだ。

「それだけは、ダメだあぁぁぁぁっ」

『これは……フェイト、お前……』

グリードが驚いた声を上げたのも束の間、脱力感と共に、黒盾が形を変え始めたのだ。

これは、黒弓や黒鎌の時と似たような変化だ。それと同時に、この異形の大盾の扱い方がグリードに教えてもらわなくても、理解できてしまう。

「いけぇぇぇ゛ぇぇぇぇっ！」

俺のステータスを奪って暴化した黒盾は、青い閃光を周囲一面に波動のように放つ。

途端に天竜の口元が爆裂した。あれほど圧倒的だった咆哮は静まり返り、聞こえるのは天竜の苦悶する鳴き声だけだ。そして、ノーザンからの攻撃も収まっていた。

グリードが《読心》スキルを通して、苦笑いしながら言ってくる。

『まさか、俺様を通さずに、無理矢理第三位階の奥義に達するとはな。フッハハハッ、これればかりは恐れ入ったぞ。それほどまでに……』

「うるせって……まだ終わってない」

ダメージが入った天竜がもがいている内に、早急に避難を始めるべきだ。

しかし……俺は髑髏マスクを失った今、後ろを振り向くことができずにいた。認識阻害できなくなったので、俺が誰なのか彼女に知られてしまうからだ。

早くしないといけないのに、動けずにいる俺に、ロキシー様の方から思いのほか小さな声で呼ばれてしまう。

「…………フェイト。フェイなの？」

その声、その言葉に心臓が鷲掴みされるような感覚に襲われた。

俺が後ろを向いたまま静かに頷く。それに彼女は驚きながらもどこか納得したように続けるのだ。

「やっぱり……フェイだったんですね。だって、大渓谷のときからずっとムクロさんは……フェイにしか見えなかったから。でもそんなわけがないって思ってた。だけど……私は……フェイを」

ああ、来るべき時が来たのだ。そうなのか、大渓谷の時からロキシー様にはバレていたのか。たぶん、一緒に地下へ落下した時に素顔を見られていたのが大きかったのかもしれない。あの時は、ロキシー様の意識がはっきりしていなかったから、大丈夫だろうと高をくくっていたけどさ。

それもここまできたら、もう終わったことなのだ。

俺は大きく息を吐く。そして、振り向く。

そこには変わらず真っ直ぐな瞳を持つ彼女がいた。

第29話　選択の時

ロキシー様は俺の名を呼んだっきり、何も喋らない。

いや、何も喋れないという方が正しいか……。

暴食スキルを引き出して、飢餓状態となった今、この赤い両目に見つめられたら、ステータス上で俺よりも大きく劣る彼女は、身動きが取れなくなってしまう。このまともじゃない力が、俺の異常性を証明してしまっている。

彼女は目だけで何かを言おうとしているが、時間は待ってくれない。背の向こうで鳴き叫ぶ天竜がいつ立て直してくるか、わかったものではない。

今まで欺いてきた……罵りは後で聞かせてもらう。先に俺から言うべきことだけは伝えておきたい。

「すぐにここから軍と共に退去してください。あれはもうじき動き出します。その時間は、俺が稼ぎます」

手短に言って、最後に、

「……ずっと嘘をついてきて……ごめんなさい、ロキシー様。今まで、ありがとうございました」

一方的に俺だけ言いたいことを口にするのは、卑怯な気がして胸が痛んだ。

そして、天竜の方へ向き直ろうとした瞬間、俺は気づいてしまった。ロキシー様が大きく目を見開いて、涙を流していたことに。その涙の意味はわからないし、もうわかる必要もないだろう。

俺の赤眼による拘束が解けたロキシー様は、何も言うことはなかった。だけど、その場から離れる時、小さな声で俺の名をもう一度呼んだような気がした。

一気に駆け出した俺に見えるのは、傷から回復しつつある天竜、そしてその頭の上に乗って腕組みをしているノーザンだ。まさに天上の者として、地上の者を見下すように笑っている。

それにしても天竜はなんて生命力だ。あんなに、致命的とも思える大怪我をしていたのに……。

完全に回復する前に手を打たないと、俺は黒剣から黒弓へ変えて、厄介なノーザンを牽制する。

魔矢を連続掃射して、あらゆる角度からノーザンを狙ってやる。奴はそれを黒銃剣の弾丸によって落としてみせるが、途中からそれをやめて斬り落とし始めた。

何だろうか……あれは？　全部を弾丸で落とせばいいものを、なぜあんなことをしてみせたのだ？

グリードも違和感を覚えたようで《読心》スキルを通していってくる。

『どうやら連続で銃弾を放てる回数制限があるみたいだな。思い返してみれば、たしかにあいつは一度攻撃した後、インターバルを置いていた』

「みたいだな。だけど、グリード！　なんでお前がそれを知らないんだよっ。同じ大罪武器なんだろ？」

『エンヴィーは後継だ。初期の俺様には知れないことが多い。わかるのは原案くらいか』

「なんだよ。頼りにならないな……グリードは」

『うるせっ！　それにあいつは秘密主義で性格もひねくれているどうしようもない奴だ。俺様を見習うべきだな』

……グリードも負けず劣らず、相当な性格だと思うけど……あえてここで言うべきことではないだろう。今は戦いの最中だ。下手にへそを曲げられても困る。

なら、ここは持ち上げておこう。

「俺はグリードで良かったよ！」

『そうか⁉　そうだな！　ハッハッハハハ』

チョロいな。気分を良くしたチョロ武器を手に握りしめて、王都軍がいる方向を確認する。どうやら、軍は後退を始めている。俺の言葉を信じてくれたみたいだ。

良かった……なら、ここが踏ん張りどころだ。

『フェイト、あれを使ってみろ！　今のお前なら、できるはずだ。細かい制御は俺様に任せろ』

「ああ、いくぞ！」

天竜の真下まで潜り込む。ここなら有効範囲内だ。

黒弓から、黒剣へ素早く戻す。そして、聖剣技スキル――変異派生アーツ《グランドクロス・リターナブル》の発動を試みる。

いけぇぇぇ。

全力で魔力を込めて、黒剣を染め上げる。次第に聖なる光を発し始める異端な剣は、アーツの完成を教えてくれた。

手首を返して、鍵を開けるように発動させる。

天竜の頭上に四つの巨大な光の十字架が顕現(けんげん)する。それが、一瞬で降下して天竜を取り囲んだ。そして、互いに光を循環させるように輝き始める。

天竜はさらに悲鳴を上げるが、もがくことさえ許さない。これが、変異派生アーツであるグランドクロス・リターナブルの効果——無限牢獄だ。

かなり接近しないと使えないから成功率も高くはない。だが、一度決まってしまえば、獲物を逃すことはない。飢餓状態になり、Eの領域に至った今だからこそ、引き上げられた成功率でもある。

この中で無限ダメージを与えつつ、天竜を弱らせてやる。

……が、そう簡単にはいかないか。

上から銃弾が降り注いできたのだ。予期はしていたので、黒剣で斬り落とす。

追撃とばかりに、黒銃剣が俺の脳天めがけて振り下ろされる。

それを受け止めながら、睨み合う。

「やってくれたね。グリードの第三位階の奥義で、僕の可愛いスライムたちは増えることもできずに瀕死だよ。そして、この見たこともないアーツときた。王都防衛の要である天竜が可哀想じゃないか。あれを解いてくれないか？」

「お前……。王都軍の人たちにあんなことをしておいて……天竜のほうが可哀想だなんて言うのか」

「あんなものいくらでも代わりが利くだろ。それに、あの聖騎士だって同じさ。いや、少しは役に立つだけ使える存在か。まあ、殺してみないとどれくらいの成果が得られるか、わからないけどね。もし、上手くいかなかったら次を用立てるだけさ」

さらに力を込めてくるノーザン。くっ……剣圧が重い。

やはり、第三位階の奥義によるステータス低下が大きく影響しているみたいだ。筋力なら上回っていたのに、今はノーザンに押されている。しかし原因はそれだけじゃないだろう。

それを見透かしたように、ノーザンが薄ら笑いを浮かべる。

「一つ、無理をしてEの領域に至った。そろそろ限界が近いんじゃないのかい？　二つ、あのアーツを維持するために君は常に力を消費し続けている。三つ、僕はまだ本気じゃない」

鍔迫(つばぜ)り合いとなっていた互いの拮抗が崩れていく。すごい力だ。たまらず、受け流してノーザンの黒銃剣を地面に落とす。

割れた大地からは、衝撃で無数の岩が弾け飛んでくる。その網目を縫って、ノーザンの首筋に斬り込んだ。

「おっと、危ないな」

バックステップをして紙一重で躱すノーザン。それに対して、グリードが注意を促す。

『距離を詰めろ。決して離れるなよ』

「わかっているって」

言われるまでもない。姿勢を低くして、間髪をいれずに詰め寄り、黒剣を振るう。

それをまたしても躱しながら、ノーザンは首を傾げてみせる。

「おかしいな。戦い方が変わったね。なぜだろう？」

俺の黒剣を今度は躱すことなく、受け止めて、顔を近づけて言ってのける。

「なるほど、わかったよ。あれが原因だね」

一瞬だけ天竜を見て、ノーザンは子供みたいに嬉しがる。

「どうかな。正解だろ。君のアーツは使用者がある程度離れてしまうと、維持できなくなるんじゃないかな？」

そうさ、正解さ。だから、お前を遠くへ行かす訳にはいかない。それにこのアーツの使用中は、武器の形状が片手剣に固定化されるのだ。遠くへ行かれると、黒弓が使えないから、手出しができなくなってしまう。

俺の表情からそれを読み取ったノーザンは、勝ち誇ったような顔をして言う。

「どうやら、図星のようだね」

「……まだだ」

ノーザンが更に逃げようとするのを必死で詰め寄り、斬り込む。

しかし、この焦りをノーザンは待っていたようだ。

黒銃剣の振り上げた斬撃が、俺の左腕を斬り飛ばしたのだ。斬られた瞬間は痛みを感じなかったが、次第に脳が痺れるほどの痛みへと変わっていった。あまりの激痛に膝をつく。

俺が下から見上げると、ノーザンは勝敗が決まったとばかりに天を仰いでいた。

「残念だよ。エリスは君に期待していたようだけど、ここまで僕の邪魔をしたんだ。その報いは受けてもらう」

そう言い放つと立ち上がろうとする俺の胸に黒銃剣を突き刺していく。

あれは痛そうだな。左腕だけでなんとかなって助かった。

だが苦悶の声を上げたのは、ノーザンの方だった。

俺は黒剣を奴の背中から力を込めて突き刺していた。

「なにっ……これは……」

胸からは黒剣が生えていることだろう。俺はノーザンの背後に立っているので、そこら辺はよくわからない。

大量の吐血をしながらノーザンがこちらへ顔を向けようとするが、更に黒剣を深く差し込む。

「お前は最後の最後で油断しすぎたんだ」

そう言って、未だにノーザンの黒銃剣で心臓を突かれている俺の幻覚に目を向ける。

もういいだろう。幻覚魔法を解除すると俺の虚像は霧散していった。通常ではノーザンに幻覚魔法は効かなかっただろう。

だけど、自身の勝利を確信したときならば、付け入る隙が生まれると思ったのだ。手札がもうこれしかない俺にとっては、博打だった。

その代償として、左腕を捧げることになってしまったのは仕方のないことだろう。

「わざと僕に左腕を斬らせたのか……」

「ああ、そうさ。ここまでしなければ、今の俺だとお前に勝つことができなかった。その左腕はくれてやる。持って逝け」

俺は突き刺さった黒剣をそのまま横へ移動させて、ノーザンの胴体を両断した。

第30話　真に迫る
死体となって横たわるノーザンを眺めていると、お決まりの声が聞こえてきた。
《暴食スキルが発動します》
《ステータスに体力＋2・0E（＋8）、筋力＋1・8E（＋8）、魔力＋2・1E（＋8）、精神＋2・4E（＋8）、敏捷＋1・4E（＋8）が加算されます》
　これがEの領域のステータス。あれっ⁉　スキルに追加がない…………。暴食スキルの狂乱と共に遠のく意識の中で、ノーザン・アレスタルの存在に違和感を覚えずにはいられなかった。
　気がついたら俺はなぜか、真っ白な空間にいた。
　どうしてだろうか、ここに来たことがある記憶がある。思い出せそうなのに、何かがひっかかっているように後もう少しが出てこない。
　どこまでも真っ白な世界を見回して、思い出そうとしていると、突然一人の少女が現れた。

その少女もまた、あまりにも白かった。この世界の一部だと言ってもおかしくないくらいに。

彼女は俺を見て、溜息をつく。

「あれほど無茶をしないでって言ったのに……私だけでは、そろそろ限界なのに」

彼女はそう言って、足元の白い地面を指差した。すると、薄らと下の暗闇が見えてしまう。そこからは得体の知れない者たちの怨嗟（えんさ）の声が響いてくる。

本能的にわかってしまうほど、恐怖に満ち溢れた世界がこの下にあった。それを見せつけられて、やっと俺はここを思い出した。夢で一度だけ見た場所だ。

この目の前にいる少女も知っている。

「君は……俺が倒した機天使の中にいた娘だよね」

「ええ、そうよ。良かった。初めてだね、ちゃんと話せるなんて」

無表情だった彼女は初めて笑って、自分の名を口にする。

「私はルナ。そうだ！　お礼を言っておくね」

「何の礼？」

首を傾げる俺にルナは呆れる顔をした後、すごく真面目な顔をして言う。

「私を殺してくれて、ありがとうね」

なんて返していいのか、わからずに言葉を失ってしまう。俺の中では彼女を良くも悪くも殺してしまったことに対して、罪悪感を覚え続けていたのに……。

そう言われて、正直喜んでいいのか、わからなくなってしまったのだ。

「そんな顔をしないで……当人がいいって言っているんだから、あれはあれで良かったのよ」

「……それでも俺は……良かったなんて言えない」

「強情な人なのね。まあ、ここから見ていた分にはなんとなくわかっちゃったけど」

なんだろうか……サラッと俺のプライバシーを侵害しまくることを言ってのけたような。

そんな俺の心情なんて、お構いなしにルナは話を続ける。この一方的な物言いは、マインを連想させる。顔もなんだか似ているし。

「それにね。マインに……姉さんにまた会えたことだし。私としては、これ以上ないくらい満足なの」

「姉さん!? 君はマインと姉妹なの？」

なるほど、そうだったのか。なら、顔が似ているわけだ。勝手に納得していると、ルナに笑われてしまう。

「きっと君が思っているのと違うわよ」

「どういうこと⁉」

ルナの言うことがわからずに首をひねる俺。ただの姉妹じゃないってどのような関係なのだろうか……全く思いつかない。彼女はそれ以上教えてくれないようだった。

「今はそれよりも、聞くことがあるんじゃない？」

俺を導くように、この真っ白な世界を見据えて言う。

「ああ、ここはなんなんだ？」

「暴食スキルに喰われた者たちが集まる精神世界みたいなものかな。そして、この空間は私の力によって作っているのよ」

「ふ〜ん」

「その顔⁉　あまりわかっていないでしょ！　いいのかな、私がこの空間を展開しているおかげで、暴食スキルの影響を受けにくくなっているのに、そんな態度でいいのかな！」

マジか……思い返してみれば、機天使ハニエルを喰らってからというもの、俺の中の暴食スキルは異常なくらい落ち着いていた。

多少、訓練と称して飢えに耐えることをしてきたけど、それでもずっとおかしいと思っていた。今その答えがわかってしまった。

まさか、喰らった相手が俺を守ってくれていたなんて……。

「どうしてそんなことを」

「だから言ったでしょ。殺してくれてありがとうって。そのお礼よ。……だけど、これ以上は無理みたい。私はあなたの柱になれそうにないみたい」

真っ赤に染まった瞳で、ルナは悲しそうに白い世界を眺める。

彼女と話している間に、いつの間にか世界に綻(ほころ)びが生じていた。

「天竜は喰らうべきじゃない。喰らってしまえば、もう私の力ではどうしようもない。あなたがあなたではいられなくなる……絶対に」

だからといって、ここで止まるわけにはいかない。ここから出る方法を聞こうと思っていたら、足元の地面が綻びによって、ぽっかり穴が開いてしまう。

「うああぁぁ」

あわや暗闇の底へ落ちそうになった俺を助けてくれたのは、見知らぬ赤髪の男だった。

俺よりも年上みたいで、背がうんと高い。

そいつは悪態をつきながら、偉そうに俺の手を掴んで引っ張り上げてくれた。

「全く……返事がないと思ったら、こんなところにいたのか。俺様だけでは限界だ。もうすぐ天竜の束縛が消えるぞ」

「その声……まさかグリードなのか⁉」

「ああ、そうだ。仮初(かりそ)めの体だがな。それと礼を言うなら、そいつに言うのだな。俺様をここへ呼んだのもそいつだ」

グリードは面倒くさそうに、ルナを指差した。知り合いなのか、なんだか居づらそうな顔をしている。

いつも武器であるグリードしか知らないので、人として表情を持つ姿は新鮮だった。

「おい、そんなにジロジロと見るな」

「……もしかして、お前って元は人だったとかなのか？」

「チッ。そんなこと、今はどうでもいいだろうが。いくぞ、時間がない」

それもそうだ。グリードが帰る道を知っているのなら助かる。

「グリード、力を貸してくれ」

「当たり前だ。だから俺様はここへ来たんだ」

俺はルナに向けて言う。

「それでも天竜を倒すよ。飼い主を失った天竜をあのままにはしておけない」

ルナは何も言うことはなかった。ただ静かに頷くのみだ。

俺にグリードが手を出してきて、握手を交わす。すると光に包まれて、気がつけば元の

場所——ガリアに戻ってきていた。俺の右手で黒剣グリードをしっかりと握っていた。

「帰ってきたのか……」

『そうだ。手間を掛けさせやがって』

「ごめん」

上空には光の十字架による束縛で身動きがとれない天竜。しかし、その束縛が薄れていて今にも解けそうになっている。ここまで劣化してしまうと、どんなことをしても瓦解するのは時間の問題だろう。

俺はふと、地面に転がっているノーザンを見る。こいつを喰らっても、ステータス以上の恩恵は得られなかった。大罪スキル保持者なら、それ相応のスキルを得られてもおかしくはないのだが。

その疑問にグリードが《読心》スキルを通して答えてくれる。

『あれはただの傀儡だ。どうやら本体はエンヴィーだったみたいだな。まさかあいつにそんな機能が備わっているとはな。人を操るか……まあ、あいつらしいと言えば、そうか』

「なら、放っておくわけにはいかない」

黒剣を振り上げて、地面に転がった黒銃剣の破壊を試みる俺をグリードは止めてくる。

『無駄だ、やめておけ。大罪武器は、破壊不可能だ。たとえ、大罪武器同士でも破壊できない』

「でも、このままだと癪だから」

黒剣を打ち付けてガリアの彼方へと飛ばしてやった。あそこまで飛ばしてやれば、そうそう傀儡には出会えないだろう。

「思いのほか、飛んでいったな」

『ハッハッハ、エンヴィーが死ぬほど悔しがって飛んで行くのが容易に想像できる。よくやった！』

上空では、光の拘束が瓦解していく。

天竜のお出ましだ。

飼い主を失った天竜は怒り狂い、暴走し始めている。やはり、このままにしておけば、防衛都市バビロンまで進行して、襲いかねない。

「やるぞ、グリード」

最後に大暴れしてやる。持てる力のすべてを懸けて、あの天空を統べる化物を地に落とそう。

不思議と今ならなんでもできるような気がするんだ。

第31話　喰い尽くす

天竜は喉を大きく膨らませて、咆哮を放とうとしていた。方角からして、防衛都市バビロンだろう。もしかしたら、未だに主の指示を遂行しようとしているのか……。

そんなことはさせない。

「グリード、たまには空中散歩でもしてみないか？」

『!?　どういうことだ？』

俺は答えることなく、黒剣グリードを力の限り、天竜の顎下へ向かって投擲した。

手が離れる瞬間、グリードが何かを叫んでいたが大したことを言ってはいないだろう。

本来なら、こんなことをしたくはなかったけど、左腕を失った俺に黒弓はもう扱えない。

自動回復スキルを以てしても、失った腕は生えてこないみたいだ。チラリと見ると血は止まっているようだ。無くなったばかりだからか、まだ腕があるような不思議な感覚が残っている。

黒い線を描きながら一直線に飛んでいった黒剣は、咆哮を放つ寸前の天竜の顎下へ突き刺さり、大きな口を無理矢理に閉じさせる。

途端に、大爆発。

行き場の無くなった高エネルギーが臨界点を超えて、口の中で破裂したようだ。

この衝撃で、天竜は大きく傾いて、ゆっくりと高度を下げていく。

よしっ、あれくらいなら届く。

俺はジャンプというよりも、周りの地面が隆起するほどに思いっきり蹴り飛ばす。一気に空中にいる天竜へ近づいて、そのまま顎の下を狙う。

右手の拳に力を込めて、格闘スキル――アーツ《寸勁》を発動させる。

たとえ天竜の皮膚が硬かろうと、内部破壊できるこのアーツなら問題ない。拳を力の限り打ち込む。その場所を起点として、天竜の皮膚が膨れ上がり始めて、最後は血肉を撒き散らしながら破裂した。

俺は勢いそのままに、下顎を無くした天竜より高く上がる。そしてちりばめられた天竜の血肉の中を目を凝らして探すと、黒剣があった。肉片を足場にして、近づいて手にする。

「おかえり、グリード。空中散歩はどうだったかい？」

『フェイト……覚えていろよ。俺様を使い捨ての投擲武器のように扱うとは……』

「ちゃんと回収しただろ」

『そういう問題ではない！』

そうさ、今はそんなことは問題ではない。天竜が俺たちに向けて、とんでもなく太い腕を伸ばしてきているのだ。それを躱して、《鑑定》スキルを発動。

【天を統べる者】
天竜　Lv1500
体　力：2・1E（＋8）
筋　力：1・8E（＋8）
魔　力：2・1E（＋8）
精　神：2・9E（＋8）
敏　捷：1・5E（＋8）
スキル：体力強化（特大）、魔力強化（特大）、精神強化（特大）、自動回復ブースト

当然のようにEの領域だ。レベルの三桁超えは初めて見たかもしれない。

スキルもステータス強化系が特大となっている。俺が持っているスキルは大が最高なので、それを上回る効果を秘めているのだろう。まあ、このスキルはレベルアップした時に、最も効果を発揮するものだ。素のステータスを強化はしてくれるが、レベルアップできない俺としては、あまり美味しくないスキルとも言える。

とは言いつつ、このスキルをコンプリートするのを俺は楽しみにしていたりするのだ。

さて、特大が最高位なのだろうか、それとも更にその上があるのだろうか……気になる。今となっては、もう……どうでもいいことだ。

それよりも、自動回復ブーストスキルか……なるほど、あれほど攻撃を受けたにもかかわらず、まだ空を飛べている理由はこれだろう。俺の持つ自動回復スキルの上位なのだろう。

自動回復ブーストスキルを鑑定してじっくり調べたいところだが、天竜がそれを待ってくれない。

更なる腕が俺を襲ってくるのだ。それを斬り伏せながら、グリードに聞く。

「なあ、なんで天竜と目があっても、あれは硬直しないんだ？」

『ステータス上は上回っていたとしても、相手がEの領域なら効かないぞ。言っただろ、Eの領域は人外の世界だとな。色んなことが今までとは違ってくるぞ』

「残念……」

そうはうまくはいかないものだ。

俺は天竜の腕に着地すると、背中へ向けて駆け抜ける。途中、ノミでも振り払うように天竜が暴れてくるけど、落ちてやる気はない。

狙うは、天竜が空を舞うために使っている器官——六枚の天翼だ。

一枚一枚、丁寧に手早く斬り飛ばしてやる。一枚失うごとに、高度が格段に下がっていく。

「堕ちるのはお前だ」

最後の一枚を失った天竜を蹴り飛ばして、地面へと叩きつける。神の御使いとも呼ばれて、一部では信仰の対象にもなっている物の成れの果てである。

機動力を無くした巨体ほど、いい的はない。どうやら、下顎や天翼があった場所を見るに、自動回復ブーストスキルには失った部位を元通りにする力はないようだ。

せっかく地に落としたのに、またバタバタと飛び立たれては困るからな。

自由落下をしながら、黒剣グリードを強く握る。

天竜は下顎を無くしても、まだあの強力な咆哮を放とうとしていた。俺が天竜をいい的だと思ったように、天竜も俺を空中で落下して上手く躱せないと見たのだろう。

さすがのグリードも今の状況に警鐘を鳴らす。

『フェイトっ！』

「問題ないさ」

放たれた高エネルギー波と同時に、俺も《剛腕》スキルと片手剣スキル――アーツ《シャープエッジ》を発動させる。

剛腕スキルは一定時間、筋力を二倍にする。使用後、反動で筋力が十分の一に弱体化して、回復まで一日かかってしまうが、ここぞという時にはもってこいのスキルだ。

それによってEの領域にあるステータスを倍加させたことで、ありふれたアーツであるシャープエッジが、天竜の攻撃すらも容易く斬り裂くとてつもない力を発揮した。

高エネルギー波は二つに割れて、光の粒子となって消えていく。そして、その先にある天竜すらも真っ二つにする。とどまることを知らない斬撃は大地すらも深々と斬り裂いて、大きな割れ目となった。

二つになった天竜はその底の見えない割れ目に吸い込まれるように、落ちていく。天から堕ちて、更に地の底へ……。

天竜がいなくなったことで、ガリアからの魔物を抑止できなくなってしまうが、その負もこの大陸を両断するほどのこの割れ目によってある程度解消される。空を飛べない魔物なら、そう簡単には王国へ渡れないだろう。

終わったんだ。地面に着地すると、無機質な声が聞こえてきた。

《暴食スキルが発動します》

《ステータスに体力＋2・1E（＋8）、筋力＋1・8E（＋8）、魔力＋2・1E（＋8）、精神＋2・9E（＋8）、敏捷＋1・5E（＋8）が加算されます》

《スキルに体力強化（特大）、魔力強化（特大）、精神強化（特大）、自動回復ブーストが追加されます》

途端、体中に未だかつてない激痛が襲ってきた。暴食スキルの歓喜はとうに俺の限界を超えて、苦しみへと変わっていた。俺の中で、暴食スキルを抑えてくれていたルナの力も及ばないほどに。

抗えば、体中から血が噴き出してしまうほどだ。

時間の問題だろう。自分が自分である間にやっておく必要がある。

今ならできる気がする。今までに三回もやってきたから、感覚でわかってしまう。条件はきっと満たしているはずだ。

「ごめんな、グリード」

『フェイト！　待てっ！　やめろ……』

「もう……自分が保てないんだ……」

グリードの焦り方からもわかってしまう。位階解放は使用者の承諾によって、一方的にできてしまうんだ。

解放を心の中で念じると、力がとてつもない勢いで抜けていくのを感じた。

そして、同じくして黒剣グリードが光に包まれていき、形状を変えていく。

現れたのは優美な黒杖だった。

もっとよく見てみたいけど、どうやらそれはできないようだ。暴食スキルの影響で黒杖すらも握っていられない。手放す時に、《読心》スキルを通して、グリードの声が聞こえてきた。

お前もか……という彼にしては珍しく寂しそうな声だった。

第四位階を解放したことによって、低ステータスになった俺なら、ガリアにいる武人や魔物なら苦もなく殺せるだろう。でも、もしもがある。暴走する前に、俺を確実に殺してくれる人がほしい。

そんな不安を払拭するように、南から白い髪、褐色の肌をした少女が歩いてくる。手には大きな黒き斧。……間違いない、マインだ。

約束の時が来たんだ。

第32話 旅の終わり

立っていられないほどに、暴食スキルに侵された俺の間近に、マインが迫ってくる。瞳は変わらず、忌避されるくらい真っ赤に染まっている。だけど、彼女らしくなく、どこか寂しそうなようにも見えた。

膝をつく俺に向けて、マインは黒斧を振り上げる。そして、彼女は口を開く。

「あれだけ言ったのに……天竜には手を出すなって」

「それでも戦うしかなった」

こうなることはマインが前もって忠告してくれていた。だけど、ここまで来た理由は、天竜からロキシー様を守りたいと思ったからだ。それを果たせた今、なんの後悔もない。不思議と清々しいくらい、心は死を恐れていない。

「……頼む」

死ぬなら俺が俺の内に死にたい。両目から止めどなく血が流れ出して、視界が真っ赤に滲（にじ）んでいる。いつ正気を失ってもおかしくないだろう。

マインはなかなか動いてくれなかった。しかし、しばらくしてやっと返事があった。

「わかった」

俺が最後の力を振り絞って見上げたマインの顔は、今までとは打って変わって、もう迷いはなくなっていた。

こんな汚れ仕事。彼女にお願いするのは気が引けてしまうけど、やっぱり頼めるのは彼女しかいない。

俺は目を瞑る。

すると、今までの思い出が次々と駆け抜けていく。始まりの王都では、ロキシー様にブレリック家から助けてもらったり……酒場の店主には訪れるたびにいろいろといじられたりしたな。

そして、ロキシー様を追って王都を旅立ってからは、故郷に帰ったりしたし、剣聖アーロンに出会ったりもした。アーロンにはこの旅が終わったら、また会いに行くって約束したけど、どうやら叶いそうにない。復興しているはずのハウゼンの姿を見られないのは残念だ。

ここガリアに来てからは……防衛都市バビロンでは、ロキシー様の元気な姿をまた見られたし、もう思い残すことは……ない。

どうやら……そろそろ終わりのようだ。意識が遠のいていく。

「マイン、早く！」

彼女の殺気を感じる。いよいよだ。

本音を言うなら、もう一度だけ、ロキシー様の顔を……声を聞きたかった。

その時、

「ダメェェェエェェエェッ！」

思いもしない声が聞こえてきた。しかも、声と共に俺は突き飛ばされたように、地面を転がり続けた。それも、その声の主と共にだ。

声で誰かはわかっていたけど、目を開けて見れば、やはりロキシー様だった。二人して土埃まみれだ。

彼女は俺を抱きかかえて、言う。

「何てことを……しようとしているのですかっ！」

「……ロキシー様…………俺は」

まさか、ここに来て彼女が駆けつけてくれるなんて思ってもみなかった。いや、そんなことは俺の思い違いだった。

ロキシー・ハートなら、きっと俺一人で戦うことを許さない人だ。王都軍を退避させた後、単身で駆けつけてくれたのだ。だけど、俺としてはタイミングが悪すぎた。

このままでは彼女に決して見られたくない自分を見せてしまう。それだけは避けたかったのに……。

そんな俺にロキシー様は言う。

「私が……私はそんなことでフェイを嫌うわけがないです。フェイはフェイです！　だから、こんなことをしないで」

ロキシー様から流れ落ちた涙が、俺の頬に当たる。温かさから、忘れていた安らぎを感じた。

ずっと、ずっと怖かったんだ。もし、この暴食スキルの力によって、彼女に嫌われて恐れられたらと思ったら、怖くてしかたなかった。

でも、俺のあの忌避する瞳、力を見てなおも、彼女はそれを受け入れてくれた。

ロキシー様の中には今も変わらず、フェイト・グラファイトが居続けていた。……すごい人だ。

受け入れてもらえた安心感からなのか、わからないけど、あれほど荒れ狂っていた暴食スキルが落ち着き始めていた。限界すら超えて、止められないほどだったはずなのに、なぜか……恐ろしいほど静まっていくのだ。

「これは……一体……」

ありえない現象におののく俺に、ロキシー様は笑顔で手を差し伸べる。

「さあ、バビロンへ戻りましょう」

ロキシー様のこの顔には忘れられない記憶がある。王都で門番をしていた時だ。ブレリック家のラーファルたちから暴行を受けていた俺を助けて、手を差し伸べてくれた……あの時の顔だった。

だからこそ、俺は思い知らされる。

そうか……彼女を助けたいなんて言っていたけど、本当はあの時のように俺が彼女に救っても欲しかったんだ。

暴食スキルによって、どうしようもない俺を救ってもらいたかったんだ。

どうして……こんなにも簡単なことを気づかないふりをして、ここまできてしまったんだろうか。

ロキシー様の腕の中で、遠のく意識。その中で、俺は彼女への気持ちをもう偽ることはできなかった。

＊

ルナの声が聞こえてくる。

『見つかったよ、あなたの柱が…………』

どういう意味だと問いかけようとしたら、そこはベッドの上だった。どうやら、俺は寝ていたらしい。

ここは知らない部屋だった。どこか清潔感があり、棚の上に置いてある医療用品から病室なのだろう。

起き上がろうとして、左側に転んでしまう。

そうだった……俺はノーザン――エンヴィーの傀儡との戦いで、左腕を失っていたのだ。

見てみると、綺麗に包帯を巻かれて手当されている。

おそらくあの時の状況からいって、ロキシー様が手当してくれたのかもしれない。

部屋を見回しても、誰もいない。時間を確認するために部屋の壁に立てかけられている時計を見る。

「十一時か……」

時間を見るに一日以上は経っていそうだ。そして、俺はあいつがいないことに気がついてしまう。

グリードがいないのだ！　どこに行ったんだ、あの俺様野郎は⁉

必死になって探して、もしかしてまだガリアに転がっているのでは……と青くなっていると、部屋をノックする音が聞こえてきた。

入ってきたのは、青い髪をしたエリスと、白い髪をしたマインだった。なんだか……大罪スキル保持者が二人いると、ものすごいプレッシャーを感じる。

「やあ、目覚めたようね」

「一週間も、寝すぎ」

なんと⁉　俺はあの戦いから一週間も寝ていたようだった。終わってみれば、ほぼ瀕死だったし、仕方ないと思う。

そんな中で、俺はマインの手にしている黒杖を発見する。

「グリード⁉」

エリスは苦笑いしながら、

「ああ、やっとガリアから回収してきたのよ。あの戦いの後に、マインがグリードを持って帰るのを忘れてしまったからね」

と、横目でマインを睨んでみるが、彼女はどこ吹く風だ。

それを見てエリスは溜息をつきながら続ける。

「しかも、魔物が咥えて何処かへ持ち去ったようでね。マインにガリアの中心付近まで探してもらったのさ。マインからなにか言うことはあるかい？」

「遠くて大変だった」

そんな彼女にエリスは苦笑いを浮かべるが、マインは意に介さない。マインらしいと言えばマインらしいけど……。どうやら、この二人は相性が悪そうだ。こんなところで喧嘩しないことを祈るばかりだ。

まだ本調子でない俺が巻きこまれでもしたら、もう一週間眠ることになるかもしれない。

ヒヤヒヤしながら、マインから黒杖を受け取る。

第四位階の形状。こうやって、手に持ってみると今までの武器とは違った感覚。これは細かな粧飾をされているので、打撃系としては使えないだろう。

凝視しているとグリードが《読心》スキルを通して、毒を吐いてきた。

『フェイトオオオォォォッ！　お前、なんて無茶をしやがった』

「そう怒るなって、結果的に助かったんだからさ」

謝ってもグリードがプンプンと怒りながら、やたら長い説教タイムを始めてしまった。

耳にタコができそうである。

そして、それが終わると、

『魔物に咥えられて、長い旅をしてきた。もう戻ってこられないかと思ったくらいだ』

「みたいだね」

『……さてと、フェイトに大事な話がある。それは、そこにいるエリスから聞いた方がいいだろう』

いつにもまして、真面目な声になったグリードはエリスを見るように促してくる。

それを合図に、エリスがニッコリと笑う。

「君は天竜を倒して、ボクたちに証を見せた。まだ、その時期ではないと思っていたけど、ロキシーの死を使った冠人間を作成する実験もできなくなった今、君の力が必要だ。どうか、力を貸して欲しい」

「それってどういったことなんだ?」

「おそらく、君に拒否権はないよ。同じ大罪スキル保持者なら、決して避けて通れないことだからね。その前に、片腕では不自由だろうから、まずそれを元に戻そう」

えっ、そんなことができるのか⁉　この世界には回復魔法なんて存在しないはずなのに……しかも、失われたものを治すなんて、可能なのか?

常識を超えた発言に驚いていると、エリスはあっけらかんと言う。

「可能だよ。それに、ロキシーが来る前にここを出よう。今の君は安易に彼女に会うのは危険すぎるからね」

なぜか……ロキシー様の名を聞くと、暴食スキルが蠢いてしまう。……とても嫌な予感がする。

そんな俺に、ずっと黙っていたマインがあるものを差し出してくる。

「これを……あなたのトレードマーク」

マインから受け取ったのは、天竜との戦いで粉々に壊れてしまった髑髏マスクだった。

いや……これをトレードマークにした覚えはないんだけどさ。

俺は手渡された髑髏マスクを被ると、部屋を後にする。だけど、手紙を一通だけ残した。

本来なら、直接言えばいいけど、まだ会ってはならない気がしたんだ。

だから、ロキシー様へ、今伝えたいことを綴った。

第33話　フェイトの手紙

　信じられないほどの戦いが終わりを告げた。それは生きた天災と呼ばれる天竜との戦いだった。

　魔物が群れをなして押し寄せるスタンピードが始まりだった。防衛都市バビロンに鳴り響くサイレンに促されるように、私は王都軍を率いて王国とガリアの国境線へ向かった。スタンピードを王国へ侵入させないためだ。

　その前にある人と手合わせをしていた。髑髏マスクで顔を隠したムクロという武人だ。彼は、ハウゼンでアーロン様が言っていた黒剣を持つ武人なのだろうと確信があった。ムクロを見ていると、アーロン様が懸念していた通りの人だったからだ。彼は強すぎる力を制御できずにいて、力そのものに飲み込まれかけているように見えた。

　それはガリアの大渓谷で起きている異変を調査する際、偶然にも彼と行動をともにすることになったときに感じたのだ。機天使と呼ばれた魔物——無理矢理寄せ集めたような異形と戦っていたムクロは、まさにそれだった。

でも、普段の彼は温厚篤実な人だった。その姿はある人とよく似ていて、気を抜くとその人の名で呼んでしまいそうなくらいだ。

フェイト……。

彼にそのような力はない。今はハート領の屋敷で使用人をしているはずだ。そういった私の思い込みが、武人ムクロとフェイト・グラファイトを結びつけることを拒んでいたのだ。

それは私自身が都合のいいように彼を見ていたからだ。

もっと早く気がついていれば、こんなことにならなかったかもしれない。

スタンピードを押さえ込む私たちの前に現れた天竜。圧倒的な力に、私も父上と同じ場所へいってしまう覚悟をしてしまったほどだ。天竜から放たれた咆哮は、スタンピードの魔物たちを焼き払い、王都軍へと向かってきた。もう駄目だと思った時に、彼は私たちと天竜の間に割って入ってきたのだ。

そして、黒く大きな盾を持って、すべてを焼き払う天竜の咆哮を止めてみせた。その行動に私を含めて、王都軍の皆が目を奪われた。人が生きた天災からの攻撃を防げるなんて、思いもしなかったからだ。それも単身で誰の力も借りずにだ。

私は引き寄せられるように彼の元へ急いだ。そして、戦いによって髑髏マスクを失った彼を見て、私は知ってしまった……いや、確信してしまったのだ。

武人ムクロは、フェイト・グラファイトだったと。

彼の赤い瞳は、いつにもなく怯えていた。その表情から、私はフェイトが髑髏マスクで素顔を隠していた理由がわかってしまう。きっとこんな自分を受け入れてもらえないって恐れているんだ。

そんなことはないってフェイトに伝えたい。声に出して彼に知ってもらいたいのに。

あの赤い瞳に見つめられると、体は動かなくなって、声すらも出せなくなってしまう。

何もできない自分が不甲斐なくって……フェイトがこのまま遠くへ行ってしまうようで、涙しか出すことができなかった。

彼が背を向けて、瞳の束縛が無くなっても、天竜へ進んでいく姿を追いかけられなかった。それでも、手を伸ばして……待ってと言いたくて。その後ろに控える天竜が見えた。

彼はあれを前にして迷いなく戦えるのだ。足すら前に出せない、逃げることしかできない私は当然のように天竜と向き合えなかった。

その時、私は力の無さを思い知らされたのだ。

フェイトが戦っている場所は、私にはどうしようもないくらい遠すぎる。

だから、私は今の私ができることをするしかないと思った。フェイトが言う通り、王都軍の避難を優先させたのだ。

戦いで散り散りとなっていた部隊長たちを探しながら、指示を飛ばして、せめてフェイトの戦いの邪魔にならないように、バビロンへと退避した。

すべての兵士たちがバビロンの正門をくぐった時には、無敵のように思えた天竜が大地へと沈んでいこうとしていた。私を含めてバビロンにいた者たちが、一様に生きた天災の最期を目の当たりにしたのだ。

喜びもつかの間、嫌な胸騒ぎがして、急いで彼の元へ。

その先であったことは、今思い出しても悲しくなってしまう。でも、フェイトにはあしなければいけない理由があったのだ。

彼に何があって、何を抱えているのか。私は知りたい。

フェイトは天竜との戦いの後、傷ついた体を治療するため、軍事区の医療室に運ばれた。そしてベッドで今も眠っている。あれから一週間経っても目覚める気配がない。

あの戦いで彼は左腕を失っていて、その姿を見るとやるせない気持ちになってしまう。

一日の仕事が終わり、日課となっている彼の病室の顔出しに歩いていると、すれ違う兵士たちが、いつもと違うことに気がついた。なんというか、皆が魂ここにあらずという感じで、天井を見上げている。

私が呼びかけても、夢見心地に生返事をしてくるのみだ。

「一体、何が起こっているの」

フェイトの身が心配になって、彼が眠る部屋の扉を開けると、

「うそ……何で……」

彼が眠っていたベッドには誰もいない。慌てて駆け寄ってみるも、彼はどこにもいなかった。

残っていたのは、私への手紙だった。ベッドの横にある小さなテーブルの上に、ひっそりと置かれていた。

その手紙を持つ手が震えてしまう。何が書かれているのか、怖かったからだ。別れの言葉だったらどうしよう。

こんなことでは駄目だ。深呼吸して、気を引き締める。

折り畳まれた手紙を開いて、目を通していく。その中身は彼がガリアに来るまでのこと、ガリアに来てからのことが書かれていた。

ハート領で北の渓谷からやってくるコボルトたちを倒すために大暴れしたのは自分だというのだ。その時に私に嘘をついたこと。

そして、裏で人買いを使って、幼い持たざる者たちをなぶり殺しにしていた聖騎士ハド・ブレリックを殺害したと書かれていた。おそらくそれだけではない、私がブレリック家によってガリアへ送られた件もあったはずだ。

読んでいく内に、フェイトが嘘をついていく度に少しずつ苦しんでいるように思えた。ガリアに着いてからは、私に正体を隠すためと言いつつ、そんな自分から逃れるためにあの髑髏マスクに縋（すが）っているようだった。

そして、暴食という大罪スキル保持者であることも。そのスキルは普通のスキルと違っており、危険性を秘めていることもすべて書かれていたのだ。始まりは、お城に忍び込んだ盗賊を殺した時だったという。なら、私は彼の暴食スキルが目覚めた瞬間に立ち会っていたことになる。全然気付けていなかった……。

暴食スキルは生き物の魂を欲していて、定期的に何かしらの命を奪わないと生きていけないという。暴走してしまうと、天竜を倒した後のようなことが起こってしまうそうだ。

そして、今は暴食スキルが不安定すぎて、私にまだ会えないという。

フェイトは、このスキルのせいで帰る場所が無くて、彷徨（さまよ）い続けてしまうのではないかと思えた。

最後に、あの髑髏マスクを必要としなくなった時、改めて私の元へ訪れて、今までのことを謝りたいと綴っていた。

「フェイ……大丈夫だから、こんな辛いことばかりを一人で抱えていたら……駄目だよ。私はただあなたに言いたいの……ありがとうって。それだけなのに、何でこんなに遠いんだろう」

手紙を握った手に思わず力が入ってしまう。

それでも、フェイトがまた会いに来るというのなら、私はその時を待つのだ。

私が知っているフェイト・グラファイトは約束を破るような人ではない。だから、私は彼を信じる。大事な手紙を胸の隠しポケットにそっと入れた。

今、私ができることをやろう。防衛都市バビロンは、天竜がいなくなったことで混乱している。まずはそれを落ち着かせよう。

「また会えるよね、フェイ」

必ず再会できる。私は誰も居なくなった病室のドアを開けた。

番外編　グリードとマイン

天竜を倒してみせたフェイト。そのEの領域に達した魂を続けざまに喰らったことで、暴食スキルを抑えきれなくなり、暴走寸前まで陥ってしまった。

まさか、あのタイミングで己のステータスを俺様に無理やり捧げてくるとは思いもしなかったが。

武器である俺様には為す術もなく、フェイトのステータスを受け取ることになってしまった。そして、第四位階の姿――魔杖となって放り投げられてしまう。

フェイトらしいといえば、そうかもな。我を忘れて暴走してしまったときに備えて、ステータスを極限まで失って弱体化しておき、俺様という武器まで捨てるとは……なんともあいつらしいじゃないか。いつもなら、位階解放で得た新たな姿をこれでもかと説明してやるところだが、そんな暇さえもなかった。実に残念である。

そして、これでフェイトともお別れとなってしまうのかと思えば……これもまた残念である。

俺様から見ても、あいつは明らかに限界だった。

ガリアの荒廃した地面に転がっている俺様では、もう何もしてやれない。

フェイトに頼まれたマインとて、このようなことは望んでいないだろう。だが、暴食スキルを抑えきれずに飲み込まれた者の末路を知っているマインなら、最後は頷くと思っていた。

案の定、静かに黒斧スロースを手に取る。そして、マインの前に跪くフェイトの首元へ黒斧を振り下ろそうとした。

さらばだ……短い付き合いだったが、なかなか楽しかったぞ。

離れたところから別れの言葉を告げていると、マインの黒斧を遮るように金髪の女が飛び込んできたのだ。

「ダメェエエエエエエッ！」

避難したはずのロキシーだった。

フェイトを抱き寄せて、勢いそのままに砂埃を巻き上げながら転がっていき、俺様のすぐ横で止まった。

それから奇跡とも思えることが起こった。ロキシーの何かに反応した暴食スキルが、ゆっくりと静まっていったのだ。これから考えられるのは、ロキシーがフェイトにとって柱となり得るということだ。助けたいと思ってここまできた理由が、柱とはな……暴食スキルは今回も保持者の大切なものを欲してしまうのか。

だが、今はそれに救われたのだ。良しとしようではないか。なあ……フェイト。

雨降って何とやらだ。うん、うん、良かったなと見守っていると、気を失ったフェイトをロキシーが防衛都市バビロンへ運び始めた。

さて、俺様も一緒に帰らなければな。ロキシーはフェイトのことで頭がいっぱいのようで、すぐ近くにある俺様に気がついていない。まあ、これは仕方ないか。

マインが俺様を拾って帰れば済むことだ。

と思ったが、マインは俺様に見向きもせず、フェイトを背負ったロキシーと共に帰っていくではないか⁉

『おいおい、それはないだろう！　お前、気がついてもいいだろうがっ！　無表情な顔して内心でかなりテンパっていたのかっ！』

いろいろと言ったところで俺様の声が届くわけがない。なにせ、読心スキルを介さないと声は聞こえないからだ。

段々と遠ざかっていく彼女らの姿は、やがて点となっていった。

『置いていかれたのか、俺様……』

まさかの展開だぜ。エンヴィーや天竜との戦闘の爪痕が深々と残っているガリアの地で、こんな風に取り残されてしまうとはな。

『だが皆が落ち着けば、この俺様がいないことはすぐにわかるだろう。そうしたらフェイトが血相を変えて飛んでくるに決まっている！』

俺様はそう高をくくって、回収を待つことにした。

そして数時間ほどが経っただろうか。狼の姿をした魔物が俺様の方へ近づいてきたのだ。

たしか……あの銀色の毛並みはデザートウルフとかいう名の魔物だったはず。スタンピードの生き残りだろうそいつは、地面をしきりに嗅ぎながら、俺様の元までとうとうやってきた。

「ワンワン、ワンワン」

意外に可愛い吠え方をするじゃないか。大きさも普通の中型犬と変わらないくらいで、やたらフサフサした犬といった感じだ。

すると、俺様をペロペロと舐めだした。おそらく、戦いによって付いていた敵の血を舐めているのだろう。

『おおっ、やめろ！　お前の唾でベトベトになるだろう』

今の俺様の姿は第四位階だ。つまり、魔杖の姿。黒剣のような刃がないので舐めやすいのだろう。

なら、黒剣に変わってやろうとしても、第四位階に至った影響で思うように姿が自分で変えられない。散々に舐め回された俺様がげっそりしていると、デザートウルフは何を思ったか……なんと俺様を咥えたのだ。

『おいっ！　やめろ、離せっ！』

「ワンワン！」

『くそったれ、離しやがれ』

「ワ〜ン!!」

デザートウルフは尻尾をフリフリしまくりながら、走り出した。それも驚くほどのスピードでだ。

いや待てよ、ガリアの魔物は王都へ向けて北上する習性がある。なら、このまま咥えられておけば、バビロンへと近づけるのでは……なんて甘い考えは一瞬にして切り捨てられた。

『反対方向を走ってるじゃねぇか！　このバカ犬がっ』

と悪態をついてみても、このデザートウルフは読心スキルを持っていないので聞こえもしない。

　どんどんとガリアを南下していく俺様。フェイトたちがいるバビロンからは遠ざかっていくばかりだ。

「ワンワンワンワンワンワン」

『俺様をどこまで連れて行く気だ……』

　手も足もないただの武器である俺様はされるがままだ。

　文句を言うのにも疲れたので、ため息を一つ吐いてガリアの景色をぼーっと見ていく。

　おおっ、あれは以前にフェイトと一緒に見た奇っ怪な形をした苔か。それは人の背丈ほどまでに成長しており、時折胞子を放出していた。

　これはかなり南下してきたみたいだな。

　辺りには緑色の胞子が立ち込めており、霧のように滞留していて見通しが悪い。そして、この胞子を吸い過ぎると肺の中で苔が増殖してしまうので大変危険だ。

　普通の武人なら、このような場所を通らずに迂回（うかい）するか、足に自信があるなら一気に突っ切る。

　俺様を咥えているデザートウルフは後者を選んだ。

　あっという間、苔の群生を通り過ぎていった。そして、その歩みはとどまることを知らず、ワンワンと元気な声と共に俺様をガリアの奥地へと誘うのだ。

『おっ、あれは大渓谷じゃないか』

俺様の鞘を作る素材――魔水晶を採取するために以前訪れた大渓谷が見えてきたのだ。

荒廃したガリアの中で、唯一かもしれない緑が生い茂る場所は、魔物を引き付ける謎の力が働いている。ハハハハハッ、これはいいぞ！

デザートウルフも俺様の思惑通り、大渓谷へ向けて吸い寄せられるように走っていくではないか。

『ここがお前の終着点だ』

俺様は咥えられたまま、大渓谷へ突入する。地面は草花が所狭しと生えており、ここが血生臭い空気に満ちたガリアだと思えないほど、澄んでいた。

理想を言えば、あの大木の木陰でのんびりと救出を待ちたいものだ。さてさて、デザートウルフは一体どのへんで、足を止めるのだろうか。

大渓谷に囚われて息絶えた魔物たちが沢山転がっている場所を通り過ぎていく。そして、長い年月をかけて石化してしまった魔物までも越えていき、気がつけば大渓谷を突き抜けていた。

「ワン、ワ～ン！」

『おおおおおっ、通り過ぎやがった……信じられん』

既に大渓谷ははるか後方で見えなくなりつつあった。俺様の思惑を裏切って……どこまで行くんだ、このバカ犬は……。

ここから先は、まずいぞ。ガリアの中心部に近くなってくる。

中心部には、機能を停止した機天使(キメラ)たちが多く眠っている。それに外縁にいる魔物など比にならないほど強力な人工魔物もいそうだ。

そんな場所でもし解放されたなら、回収は厳しくなる。それに、フェイトもまさかこれほどガリア中心部付近へ俺様が来ているなどと夢にも思わないだろう。

『これは……いよいよ帰れないかもしれないぞ』

俺様はひっそりとここで眠り続けることになるのか……なんてこった。

そう思っていると、途中にある小さな村の跡の方へ、デザートウルフが進んでいくではないか。

よしっきた！

あれだけ、ノンストップで進路をほとんど変えずに走りまくっていたこのバカ犬が、初めて大きく方向を変えたのだ。俺様は確信した、こいつは止まると！

当方もない長い年月によって風化してしまった建物は、少しだけ崩れた壁を残すのみで、基礎がむき出しになっていた。そのような建物の跡が砂や土に埋もれながら、まだここには村があったと言い張っているように見える場所だった。

その村で一番大きかっただろう建物跡へ進んでいったデザートウルフは、やっと歩みを止めた。

『おおっ、やっと止まったか』

安堵したのも束の間、何やら黒い影が颯爽と近づいてきた。見上げて、あっと思ったときには、俺様は空へと舞い上がろうとしているではないか。

「クェ〜、クェ〜!」

間抜けな鳴き声で俺様をデザートウルフから奪い取ったのは、ロックバードと呼ばれるカラフルな怪鳥だった。羽の色が赤や青、黄、緑など七色となっており、その色鮮やかな羽は装飾品に使われている。キラキラした物を好んで集める習性があるため、おそらく俺様の黒光りした魔杖に反応したのだろう。

いきなり空から俺様を奪われたデザートウルフは眉間にしわを寄せて、今までに聞いたことない怒りを込めて吠えている。

このような僻地までせっせと俺様を運んできて、最後の最後で横取りされたのだ。その怒りはわからなくもない。

俺様としても、このまま空の彼方へ飛んでいくというわけにもいかん。ロックバードの巣は外敵から襲われにくい非常に高い場所に作られるという。ここらへんで高い場所など決まっている。ガリアの中心部に今も立ち聳える千メートル以上の建物たちになるだろう。

ガリアの中心部だけは行きたくない。離せ、このバカ鳥がっ！

デザートウルフにこんな場所へ連れてこられて、更にロックバードで空中散歩とは……どれだけツイてないんだ……俺様は。まあ、昔から運に見放されていたが、今回は特にやばいな。

くっ、覚悟を決めるか。さらば、バカ犬よ。

「ワン!!」

ロックバードが空高く舞い上がろうとした時、デザートウルフが近くにあった建物跡の壁を使って、大きくジャンプしたのだ。

『おおっ、これは』

なんと、ロックバードの高さまで飛び上がったデザートウルフが、翼に噛み付いた。たまらずロックバードは悲鳴を上げながら、俺様を咥えていたくちばしを緩めた。ずれ落ちた俺様は、地面に落ちて難を逃れる。

デザートウルフは勝ち誇ったように遠吠えをして、ロックバードを追い払ってみせたのだ。

やるではないか！　あのバカ鳥は傷めた翼でフラフラと羽ばたきながら、巣があるであろうガリアの中心部へ向けて飛んでいった。

危ないところだった。

『でかしたぞ、このバカ犬』

「ワンワ～ン」

ガリアの中心部まで連れて行かれなくて良かったぜ。やれやれと、デザートウルフが前足を使って、穴を掘り出した。

嫌な予感がする。まさかな……。

『そのまさかかよっ！　一瞬でもお前を褒めた俺様が馬鹿だった』

デザートウルフは掘った穴に、咥えていた俺様を放ったのだ。さっきの奇襲で警戒して、俺様をいち早く安全な場所へ置こうと思ったようだ。

そして、無慈悲にも上から土をかけていくではないか。

ドサッ、ドサッという音と共に、俺様の視界は失われていく。

『生き埋めかっ。なんてことをしやがる』

「ワンワン」

『可愛く吠えてんじゃねぇ！　土をかけるな！』

「ワ〜ン！」

『くそっ……こんなところで埋められてたまるか』

嬉しそうに俺様を埋めるデザートウルフ。

やはりな……俺様を気に入ったデザートウルフが誰にも取られないように、土の中へ隠して満足そうな声を上げている。ハハハハハッ、人気者は辛いぜ……ちくしょう！

土をこれでもかとかけられた俺様は土の下で強制的に眠らされることになった。ひんやりとした土が俺様にまとわりついて、何だか眠気を誘ってくる。

眠ってたまるものかっ！　しかし段々と意識は遠ざかっていくのを感じた。

俺様は犬の甲高い悲鳴によって、目を覚ました。

すると、上に乗っかっていた土の重さが少しずつ少しずつ軽くなっていく。

しばらくして土の隙間から薄らと光が見えてきた。

これはもしかして、助けに来たようだな。

『フェイトかっ！』

そう思ったが、その人物は違っていた。

白い髪に、赤い瞳の小柄な少女。手には体格に不釣合いなほどの大きな斧を持っている。

そいつは無表情な顔をして、俺様を取り上げて言うのだ。

「なんで、こんなところで埋まっているの？　探すのが大変だった」

『マイン！　お前が俺様を忘れて帰るから、こんなとんでもないことになったんだろうがっ』

「こうやってちゃんと取りに来た。それにグリードは昔から運がない」

『うるせっ』

マインはフェイトと同じように読心スキルを持っているので、溜まりに溜まった文句を言ってやる。

すると、俺様に眉をひそめて言ってくる。

「スロースはこんなに静かなのに、グリードはうるさい」

『こいつはいつも寝ているだけだろう』

「やっぱり気が変わった。ここへ、置いて帰ろう。フェイトには言っておく、グリードは帰らぬ剣になったって」

『待て、待て。落ち着いて話をしようじゃないか』

マインが先程俺が埋まっていたところへ戻そうとするので、慌ててやめさせる。こいつ……俺様を探しに来たくせに、本当に置いて帰ろうとしやがったぜ。

ふ～……。フェイトならこのくらいでは無茶してこないのに、マインは相変わらず危険な女だ。

『それで、フェイトの様子はどうなんだ？』

「気を失ったまま、眠り続けている」

『そうか……無理もない。天竜を倒して、どのくらい経ったのだ？　俺様はずっと土の中にいて、時間の感覚を無くしてしまったからな』

「あれから四日ほど経った」

予想よりも日が過ぎていたのだな。なら、早く帰らねばならないだろう。

俺様が帰っても寝ているようなら、黒剣の剣先で軽く突っ突いてやろう。

そうだ、まだ魔杖の姿だったたな。あれから時間はかなり経っているし、フェイトがいなくても姿くらい変えられそうだ。

試しにやってみると、黒杖から黒剣へ戻ることができた。

「むむ、変わるなら先に言ってほしい。びっくりした」

『すまん、すまん』

「相変わらず、グリードは軽い。スロースくらいずっしりとしていればいいのに」

それは武器としてのだろうが。と言いたかったが、やめておこう。

今度こそ、土の中に埋められかねないからな。

『そういえば、俺様をここまで連れてきたデザートウルフはどうしたんだ？』

「あの犬はあそこにいる。グリードが埋まっている場所に来させないように邪魔をするから、顔をちょっと叩いたら、気絶した」

マインの目線の先には、口からよだれを垂らして気を失っているデザートウルフが一匹転がっていた。

なんだかんだ言って愛らしい魔物だったからな。マインによって真っ二つにされていたら、少し思うところがあったが、生きているならいいだろう。

「殺す？」

『やめておけ。そろそろ、バビロンへ帰ろうじゃないか？』

「うん」

それにしても、黒斧スロースは静かだな。マインに聞いてみると、やはり爆睡しているという。

『本当によく寝るやつだな。起きているところなど数えるほどしか知らないぞ』

「寝る子は育つ！」

なぜにドヤ顔で？　そんなマインに気になっていたこと——フェイトと別れてこの地で何をしていたかを聞いてみるか。

だが、バビロンへ向かって歩き始めたマインは足を止めることなく言った。

「黙秘する」

『そういうと思ったぜ。なら、当ててやろうか。彼の地への扉をまだ探しているんだろう？』

「…………」

図星かよ。もしあれが今も存在しているとしても、潜るべきではないことをお前が一番知っているだろうに。

『好きにすればいいさ。それがお前の譲れないものだしな。だが、言っておく。フェイトをこれに巻き込むな。あいつは、やっとEの領域に至ったばかりだ……それも無理やりにだ。まだまだ早すぎる』

「わかってる」

なら、いいのだがな。フェイトの性格だ。マインのことを知ってしまえば、動かないわけがないだろう。

そして、あいつのことだ、天竜との戦いのように無理を繰り返してしまう。今回はなんとかなったが、これは無理だと確信できる。

荒廃した村を出て、北上していくマイン。さすがにフェイトとは強さの次元が違う、速いものだ。

風を切って進んでいくマインに立ち塞がるように、オークたちの群れが現れる。数にして300匹は超えているだろうか。

「邪魔」

そういって、俺様を握る左手になぜか力がこもった。嫌な予感がしたのも束の間、マインは俺様を投擲武器とばかりに、オークたちの群れに向かって投げつけたのだ。

『マイン！　覚えていろよぉぉ』

「よしっ！」

何がよしっだ。俺様はこういった使い方をされるのを嫌うのを知っているだろうに。

俺様がオークたちを斬り裂いた道を使って、マインが疾走してくる。そのまま、地面に突き刺さっていた俺様を回収した。

「よくやった」

『スロースを使えよ。お前の武器だろ！』

「何となく？」

俺様の扱いが雑すぎる。早く本来の場所へと帰らねば。

その後も、五回ほど投擲武器とされてしまった俺様。くぅ〜、マインに回収されたままではいいが、全身がオークの血肉でべっとりと汚れてしまった。

「グリード、結構汚れてきた」

『お前がそれいう？』

「仕方ない、洗ってあげる」

マインはバッグから、水筒を取り出して俺様へドバドバとかけていく。それだけだった。

ガリアでは貴重な水を使ってくれるのはいいが、ゴシゴシと洗うとかサービスはないのか……フェイトならやってくれるぞ。

『ゴシゴシを要求する』

「やだ。面倒くさい」

俺様の要望は儚く散った。フェイトなら俺様の要望を、なんだかんだ言ってやってくれるのだが。

ここらへんが、持ち主と持ち主ではない者の差か。

まあ、少しは綺麗になったのでいいとするか。ふと、視界に機天使ハニエルと戦ったあの場所が見えた。

『ルナをフェイトの暴食スキルに喰わせて、良かったのか？』

「……それしかなかった」

『答えになっていないな』

「フェイトには感謝している。妹をあのままにしておくなんてできなかったから」

『そうか。まあ、あの戦いで暴食スキルの中にいるルナに会ったが、なんだかんだ言ってうまくやっているようだったしな』

「……良かった」

それだけ言ったきり、マインは歩みをさらに速めた。

無表情な顔をしてわかりやすいやつだ。マインは何かを振り切るように、機天使ハニエルと戦った場所から離れていき、あっという間に見えなくなってしまった。

行きはデザートウルフに咥えられて、どこまで行くのかわからん旅だった。だが、帰りはマインによって、問題もなくフェイトの元へ戻れそうだ。

帰ったら、散々無茶をしたことについてお説教してやらないといけない。今回ばかりは、言っておかなければな。

「フェイトの面倒は誰が見ているんだ？」

「ロキシーが甲斐甲斐しくみている」

なるほどな。もしその様子をフェイトが知ったら喜びそうだ。

「だけど、フェイトが片腕をなくしたことを悲しんでいた」

『そのことについては治す方法があるし、問題はなかろう。それにしても、お前がよく俺様を探しに来たものだ』

マインはうんざりしたような声で言うのだ。

「エリスに物凄く叱られた。怖かった」

『憤怒をビビらすとはなかなかやるじゃないか』

「天竜と戦っていた場所へ探しに来たけど、グリードの姿が消えていた。だから気配を追って、探し回っていた。まさか、ガリアの中心部付近で土に埋められているなんて、思いもしなかった」

俺様のせいじゃないぞ。文句を言うなら、あのデザートウルフに言ってくれ。あのバカ犬が俺様を好き過ぎたのが悪いんだ。

『あのときはさすがの俺様ももう駄目かと思った』

「今回だけだからね。次にあんなに遠くに行ったら、もうしらない」

そうは言っても、マインは面倒見のいいやつだ。フェイトと二人旅をしていたときもそうだった。素人丸出しの戦い方をするフェイトを見かねて、少ない口数で教えていたし、自ら先頭に立って戦ってみせていたりした。

そのおかげもあって、あいつはここまで戦ってこられたのは確かだった。

景色はあの奇っ怪な形をした苔が群生した地帯へと移り変わっていた。ここを越えたら、もうバビロンまで後少しだ。

『そう冷たいことを言うな』

「私にはやらないといけないことがある」

『ああ。彼の地への扉、その情報が得られるまででいい。それまでの間だけでも、フェイトの側にいてやってくれないか。あいつはまだ不安定な状態だ。マインがいれば、あいつは安心するだろう』

「……わかった」

了承したマインは、なぜか浮かない顔だった。俺様にはその理由がわかってしまう。

途方もない時間を生きてきた俺様たちには、出会いと別れの繰り返しが次第に辛くなっていくものだ。長い時間、共に過ごしていれば、別れのときはより辛いものになってしまう。

そして今回は、別れを前提にフェイトの側にいるということになるから、その結果は目に見えている。

『俺様のわがままだ。すまないな』

「そんなことはない。私もフェイトといられる時間は楽しい」

『そうだな……』

いつかくるかもしれない別れを忘れて、今を楽しむべきか。

目前に迫ってくるバビロンの分厚い外壁。あの中の軍事区の医務室でフェイトは治療を受けているという。

さあ、気分を切り替えて、新たな姿――第四位階の黒杖で、あいつの元へ戻ろうではないか。

フェイトにはこんなところで、立ち止まってもらっては困るのだ。

あとがき

お久しぶりです。一色一凛です。

文庫版の第三巻は、フェイトにとって今までの旅の集大成。

作者としても、この物語を書き始めたときに想定していた集大成でもありました。

WEBで公開したときに、ここまでのストーリーは大まかに考えておりました。懐かしいですね。

マインやアーロンに武人としての心構えを教わったフェイト。

誰の力も借りることなく、ロキシーに迫る驚異に対抗していく。いやはやなんとも
WEB投稿のとき、私には書き切れるのか……なんて不安に襲われて、眠れない日々を送ったほどです。

WEBではないエピーソードとして、『緑の大渓谷』の話があります。これは担当編集さんからのご意見で、ロキシーとフェイトとのやり取りをもっと増やしたほうが良い感じになると教えていただきました。

そこで考えてみたのが、『緑の大渓谷』です。

よしっ、やってやるぜ！　と勢いで書いてみたら、思いの外に良い感じに第三巻のストーリーに収まりました。

滝乃先生のコミカライズの際にも、フェイトとロキシーの対話するシーンがとてもよく表現されて、私としても嬉しく思いました。

読んだときには、あのときに頑張って書いて良かったなと思ったものです。

さてさて、本来のあとがきなら私の作品への思いをこのまま綴っていく流れですが……

今回はなんと七ページという超大作のあとがき！

いつものように書いてしまうと、あっという間に書くことが無くなってしまいそうです。

ということで、ここからは……フェイトとマインと一色というスリーマンセルでお送りします。なぜ、作者が混ざるのか……それは、あとがきだからです。

一　色「では、フェイトさん、マインさん。よろしくお願いしまーす！」
フェイト「いきなり呼ばれてしまった……俺は何をすればいいんだ？」
マイン「お前は誰だ！」
一　色「作者です」
マイン「ならよし」

フェイト「なぜ、俺たちがこの場に召喚されたのですか？」
一　色「七ページ……」
マイン「んっ⁉」
一　色「どうか……このページ消化をお助けください。私一人の自分語りには限界がありまして……」
マイン「フェイトはグリードとブッブッと自分語りをよくしている。確かに適任」
フェイト「おいっ、コラッ。……まあ、たしかにしているけど。あれっ、グリードは？」
一　色「話がややこしくなりそうなので、今回は控えてもらいました」
マイン「なるほど。英断」
フェイト「俺としてはマインがいるほうが……」
マイン「ん⁉」
フェイト「すみませんでした」
一　色「落ち着いたところで、まずフェイトにインタビューを。今回のガリア戦は大変でしたね」
フェイト「天竜やノーザンと戦うために暴食スキルの限界に迫ったので」
マイン「中二だった」

フェイト「おいっ、コラッ。一生懸命だったんだぞ。いきなり台無しだよ」
マイン「その結果、暴走寸前の誰かさんの後始末を誰にさせようとした？」
フェイト「この度は大変……申し訳ありませんでした」
一　色「あの……ここで土下座されても」
マイン「七ページになった？」
一　色「えっと、まだまだです」
マイン「仕方ない……こうなったら」
フェイト「ええっ、嫌な予感がする」
マイン「んっ⁉」
フェイト「ヒッ」
一　色「フェイトってマインに弱いよね」
フェイト「あなたはどうなんですか？」
一　色「暴食のベルセルクにおいて、大人気キャラですからね。言わずとも……」
フェイト「大人の事情だっ！」
マイン「私は齢四千歳を超える大人！」
フェイト「この子……意味を勘違いしている……」

一色「えっと、マインの提案を教えてもらえるかな？」

マイン「今や定番となっている※憤怒のマイン飯！」

フェイト「うあああぁぁぁあぁぁぁぁ」

一色「今読んでいる人のほとんどがわからないものを持ってきた！」

マイン「そんなことはない。定番！　拒否権はない」

一色「作者を巻き込むとは聞いていないんだけど……」

フェイト「残念でしたね。俺たちに残されたのは覚悟のみです」

一色「動揺が止まらない」

マイン「食料の調達に行ってくる」

フェイト「待つんだ！」

一色「残念ながら聞こえていないようだ。よし、今のうちに逃げよう」

フェイト「それは命に関わります。座して死を待つのみです」

一色「嫌だあああぁぁ」

＊

マイン「おまたせ」
フェイト「それは……卵？」
マイン「そう」
一　色「紫色していますよね。腐っているのでは？」
マイン「……生が美味しい。だけど、二人は初心者。まだ早い」
フェイト「なるほど、そうなると生だと何か問題が？」
マイン「生だと猛毒。茹でると解毒される！　はい、熱々」
一　色「なんだか……急にお腹いっぱいになってきたな」
フェイト「俺も……」
マイン「問答無用」
一　色「おっ！　……美味しい！」
フェイト「うううぅぅ……うまい……」
一　色「この卵はなに？　鶏でないのは確かだよね」

※憤怒のマイン飯
それはマインによるマインのための料理。そして周りにいる者たちを巻き込んだ悲劇。出された料理に拒否権はない。つまり、お残しは許しません！　極めつけは食材も奇天烈なものだ。

マイン「ふふっ、今回は苦労した。作者のために雲より高い山に登って取ってきた」
フェイト「それって、やっぱり」
マイン「ロックバードの卵。美味！」
フェイト「やっぱり魔物だ！　作者さんになんてものを……大丈夫ですか？」
一色「……ち〜ん」
マイン「よし、これで七ページにいったはず。完璧！」

ということでフェイト、マイン、一色によるスリーマンセルでした。少しでもお楽しみいただけたら幸いです。

コミカライズは滝乃大祐先生に引き続き連載していただいております。現在、第八巻となりブレリック家との因縁が決着しております。原作者としても大変面白く、第九巻が待ち遠しいです。

最後に、文庫化に合わせて新しいカバーイラストをfameさんに描いていただきました。いつも魅力的なものをありがとうございます。また、サポートしていただいた担当編集さん、関係者の皆様に感謝いたします。

では次巻で、またお会いできるのを楽しみにしております。